린 휴즈

앨리스 코너

**"유리만 치사해!
저도 뭔가
붙여달라구요!"**

유리의 『도사의 후계자』라는 호칭이
부러워진 앨리스는
자신에게도 뭔가 지어달라고 부탁했다.

"……섬멸 마법소녀……라든가?"

그 말을 들은 앨리스와 유리가 몸을 떨기 시작했다.
유리는 웃음을 참기 위해서였고 앨리스는…….

**"그, 그, 그런
호칭은 필요 없거든~!!"**

유리 칼튼

"당신께서 도사님의 정식
『후계자』라는 뜻이겠군요."

『도사의 후계자』라는 말을 듣고
유리는 내심 기뻐했다

용맹무쌍한 영웅재림

현자의손자 7

요시오카 츠요시 지음

키쿠치 세이지 일러스트

최승원 옮김

현자의손자

Contents

7

서장

　나날이 커지는 마인의 위협에 대항하기 위해 사상 최초로 세계 연합이 결성되었다.

　그리고 이스 신성국 국사원수인 창신교 교황 예카테리나의 발호로 마침내 인류는 마인에게 공세를 시작했다.

　마인령 공략 작전이다.

　각국의 병사들은 전 블루스피어 제국령이었을 때와 달리 수많은 마물이 활보하고 있는 마경(魔境)을 향해 진군했지만, 표정에는 긴장감이랄 게 거의 없었다.

　그 이유는 알스하이드 왕국군을 제외한 각국 연합군에 어떤 인물들이 동행했기 때문이다.

　―얼티밋 매지션즈.

　원래는 알스하이드 고등 마법학원의 『궁극 마법 연구회』라는 이름의 일개 연구회에 불과했지만, 마인의 침공을 받은 스이드 왕국을 구하러 갔을 때 연구회의 회장인 신이 얼티밋 매지션즈라고 부른 것을 계기로 그 이름은 단숨에 전 세계로 퍼지게 되었다.

　그들은 소형과 중형뿐만 아니라 대형 마물조차 콧노래를

섞어가며 토벌할 수 있었고, 재해급마저 아무런 부상 없이 토벌하는 게 가능했다.

게다가 그들은 이미 스이드, 크루트에서 두 번에 걸친 마인의 습격을 성공리에 막아냈을 뿐만 아니라 반격까지 해서 마인 측에 피해를 주기도 했다.

하물며 고작 개인의 힘으로도 그런 위업이 가능하다는 게 아닌가.

그런 인물들이 각국에 세 명씩이나 배치된 데다 마인령에서의 전투도 재해급은 전부 그들에게 맡기기로 했으니 비장감이 생길 리가 없었던 것이다.

하지만 그렇다고 해서 병사들은 낙관하는 기색을 보이지는 않았다.

그들의 정체가 이제 막 성인된 마법학원생에 불과하다는 것에 오히려 부끄러움을 느꼈다.

원래대로라면 자신들이 지켜야 할 또래의 소년소녀들에게 보호를 받아야 한다는 사실에 자존심이 상하기는커녕 미안함과 자책감을 느꼈다.

어디까지나 대형까지이긴 해도 마물과 싸울 때 그들에게 한심한 모습을 보여줄 수는 없다며 사기를 높였다.

이런 이유로 병사들은 오히려 사기가 오른 채 구 제국령을 향해 진군했고, 국경 근처에 도착한 시점에서 작전 첫날 일정이 막을 내렸다.

제1장 전사들의 휴식

도중에 마물과 한 번 마주치기는 했지만, 그 후에는 예정 대로 무사히 구 제국령 국경까지 진군했다.

오늘은 거기서 야영을 하기로 했다.

이 정도 규모의 집단이면 마물이 접근할 법도 하지만, 야 영지 외곽에 마물의 접근을 막는 마도구를 설치했으니 습격 을 걱정할 필요는 없다고 한다.

참고로 이 마도구의 정체는 사실 마력을 차단하는 끈 형 태의 마도구다.

야영지를 한 바퀴 에워싸면 안쪽의 마력을 감지할 수 없 게 되므로 결과적으로 마물의 접근을 막게 된다.

마력만 외부로 새어나가지 않을 뿐이고 우리의 모습이 감 춰지는 건 아니지만, 그렇게 마력을 차단하면 마물은 거의 다가오지 않는다고 한다.

다만, 상시 발동형이 아니라서 밤중에 마도구를 계속 교 대로 켤 필요가 있다고 한다.

마물도 『거의』 다가오지 않을 뿐이지 『완전히』는 아니라 당연히 누군가가 경계도 서야 한다.

그러고 보니 나도 이런 야영은 처음이었다.

이런 상황인데도 남몰래 가슴을 두근거리고 있자 안내를 맡은 병사가 말을 걸어왔다.

"실례합니다. 사도님과 성녀님과 전처녀님의 야영 준비가 완료됐습니다."

행군 중의 전투 이후로 마리아는 주위에서 전쟁의 처녀, 즉『전처녀』라고 불리게 되었다.

아직 익숙하지 않아선지 호칭으로 불릴 때마다 엄청나게 민망해했다.

뭐, 조만간 적응할 테니 일단 내버려두기로 하고 병사를 따라 오늘 묵게 될 텐트 앞에 도착했다.

2인용과 1인용 텐트가 하나씩 있었다.

그리고 병사는 난데없이 폭탄발언을 던졌다.

"이쪽이 사도님과 성녀님의 텐트고, 이쪽이 전처녀님의 텐트입니다."

"예?"

"흐에?"

나와 시실리를 2인용 텐트로, 마리아를 1인용 텐트로 안내한 것이다.

자, 잠깐만! 이런 전시 중에 남녀가 한 텐트를 쓰라고?!

확실히 시실리는 내 약혼자지만 이런 상황에서 같은 텐트를 쓸 수 있을 리 없잖아!

"그리고, 저기…… 미혼자도 많으니…… 될 수 있으면 방음 마도구나 결계를……."

"이런 상황에서 그런 짓을 할 리 없잖아요! 아니, 애초에 같은 텐트를 쓸 리 없잖아요!"

"예? 그러십니까?"

"그렇다고요!"

병사는 진심으로 놀란 얼굴이었다.

대체 왜 놀라는 건데?!

"방금 말씀하셨잖아요. 미혼자도 많다고요. 아무리 약혼자라지만, 이런 곳에서 여자랑 같은 텐트를 썼다간 엄청 반감을 사게 될 걸요?"

"그렇겠죠."

태연하게 긍정했어?!

"그럼 괜히 불만만 쌓일지도 모르잖아요. 제가 이쪽 1인용 텐트를 쓸 테니, 시실리랑 마리아는 이쪽 2인용 텐트를 쓰게 할 게요. 그래도 괜찮지?"

나는 그렇게 말하고 시실리와 마리아에게 동의를 구했다.

"전 괜찮아요."

"나도 상관은 없는데, 너희는 괜찮겠어?"

"신 군과 같은 텐트를 썼다간 아침에 다들 보는 앞에서 밖으로 나올 용기가 없는걸요……."

시실리는 마리아의 질문에 새빨개진 얼굴로 대답했다.

틀림없이 다들 이상한 눈으로 보겠지.

물론 나도 그런 용기는 없지만!

"알겠습니다. 후우…… 다행이군요. 혹시라도 밤새 그런 소리를 듣게 될까 봐……."

"그런 짓을 할 리 없다니까요!"

"하으으……."

쓸데없는 걱정이라고!

이것 봐, 시실리도 부끄러워서 내 뒤에 숨어버렸잖아.

"그럼 걱정도 덜었으니 저녁 식사라도 하시겠습니까? 저쪽 천막에 식사 준비를 해뒀습니다. 행군 중의 식사이니 크게 기대는 하지 말아주십시오."

"야영 준비를 전부 맡겨버렸으니 불평 같은 건 안 해요."

불침번까지 면제됐는데 투덜댔다간 천벌을 받지 않을까.

……물론 방금 텐트 문제는 별개다! 그건 얼마든지 뭐라 해도 돼!

"그리고 식사가 끝나면 저쪽 천막에서 목욕을 하셔도 됩니다. 저쪽이 남성용이고 이쪽이 여성용입니다. 뭐, 입구에 각각 남자 병사와 여자 병사가 서 있으니 잘못 들어가실 일은 없겠지요."

뭐야? 이거 혹시 복선인가?

뭐, 실제로 식사를 마치고 목욕하러 가 보니 각 천막마다 병사들이 앞에 서 있어서 실수로라도 여탕에 들어가게 될 일은 없었다.

 사람들도 빈번히 드나들고 있었고.

 그건 그렇고 야영지에서 목욕이라…….

 듣기로는 이 목욕탕에서 쓰는 급탕 마도구는 할머니가 개발해서 보급한 물건이라고 한다. 이 마도구가 등장한 덕분에 일반인들도 목욕하는 습관이 생겼다든가 뭐라든가.

 역시 할머니는 굉장해.

 이런 식으로 세상에 도움이 되는 마도구를 만들어서 퍼트린 할머니에게 다시금 존경심이 샘솟는다. 그런 사람이 내 할머니라는 사실이 자랑스럽다.

 목욕탕의 천막은 이중구조였고 바깥쪽은 탈의실이었다.

 거기서 옷을 벗고 안쪽으로 들어가자 커다란 비닐로 된 욕조가 눈에 들어왔다.

 아하, 비닐 풀장처럼 공기를 넣어서 쓰는 거였나. 재료는 마물 가죽이려나? 이거라면 휴대도 간편하고 뜨거운 물은 마도구로 공급하면 되니 야영 중에도 얼마든지 목욕이 가능할 것 같았다.

 ……그건 그렇고 이런 게 있는데 왜 튜브는 없었던 걸까?

 욕조에 뜨거운 물을 공급하는 건 급탕 마도구였다.

 수도꼭지 같은 형태로 욕조 가장자리에 몇 개나 달려 있었다.

 뜨거운 물에 몸을 담그기 전에 여기에 마력을 몇 분 정도

공급해서 물을 충당하는 게 목욕의 기본 매너라고 한다.

공기 중의 습기를 모아서 물로 변환하는 식이라 천막 안에서 계속 순환하는 구조였다.

아무래도 샤워기는 없다 보니 나는 통으로 몸에 물을 끼얹고 자연 분해되는 비누로 몸을 닦은 후 머리를 감았다. 그리고 급탕 마도구에 마력을 잠시 주입한 다음 뜨거운 물에 몸을 담갔다.

"흐이이……."

시실리네 친가에 갔을 때도 느낀 거지만, 역시 마차로 장거리 이동을 하면 피로가 쌓였다.

진군 속도의 유지와 병사들의 체력 회복을 위해서라도 행군 중의 목욕에는 나름 중요한 역할이 있는 게 아닐까 싶었다.

"고생하셨습니다, 사도님. 물 온도는 어떠십니까?"

"저기…… 그 사도님이라는 건 좀……. 온도는 딱 알맞은 것 같네요."

뜨거운 물속에서 오늘 쌓인 피로를 씻어내고 있자 아까 우리를 안내해 준 병사도 욕조로 들어왔다.

아무래도 사도님이라는 호칭을 정정할 생각은 없는 모양이었다.

왠지 골치 아프게 됐는걸.

병사는 그런 내 속도 모르고 오늘 전투를 화제로 꺼냈다.

"그건 그렇고 아까 전투에서 전처녀님의 마법은 굉장하더군요. 혹시 얼티밋 매지션즈의 여러분께선 전원이 그런 수준의 마법을 쓸 수 있으신 겁니까?"

"흐음. 뭐, 마리아는 처음부터 오그…… 아우구스트 전하 다음가는 성적 우수자였지만요. 지금은 다른 애들도 그 정도쯤은 가능할걸요?"

"그, 그 정도쯤…… 입니까."

"개중에는 시실리처럼 치유 마법이 특기거나, 근접전도 가능하거나, 신체 강화 마법이 특기인 사람도 있지만요."

마법의 정밀 사격 훈련 덕분에 시실리의 공격 마법도 꽤 쓸 만해졌다.

약간 차이는 나도 모두와 비슷한 수준까지 성장했다고 봐도 무방하리라.

그러자 주위에서 우리의 대화를 듣고 있던 사람들이 저마다 입을 열기 시작했다.

"다들 비슷한 수준이라니……."

"어? 그럼 성녀님도 그런 어마어마한 공격 마법을 쓰실 수 있다는 거야?"

"……이 작전에 우리가 필요하긴 하나?"

아차, 다들 자신들의 존재 가치에 의문을 품기 시작했다.

일단 얼버무려두자.

"물론 여러분의 힘은 필요해요. 저희만 이 작전에 투입된다면 대체 몇 달…… 아니, 몇 년이 걸릴지 모르는걸요. 그런 오랜 기간 동안 국민들을 불안에 떨게 할 수는 없잖아요? 신속한 해결을 위해서라도 여러분의 힘은 반드시 필요해요."

이런 식으로 말하면 되려나?

주위의 반응은……

"그렇군……. 국민들을 안심시키기 위해서라……."

"맞아! 우리도 충분히 도움이 될 수 있어!"

"우와…… 왠지 의욕이 샘솟는걸!"

"그래…… 어디 한 번 해보자고! 안 그래? 애들아!"

"""우오오오오!"""

우왓! 깜짝이야!

갑자기 큰 소리로 외치지 마!

"뭐야! 대체 무슨 일이지?!"

그것 봐! 경비를 선 병사도 놀라서 뛰어 들어왔잖아!

"아, 아무것도 아닙니다. 잠시 기합을 좀 넣은 것뿐입니다."

"아, 예……. 그런 거라면, 뭐."

예상 외로 호응이 굉장했지만, 다들 사기가 올랐으니 괜찮겠지?

그리고 잠시 잡담을 나누었지만, 슬슬 나갈 때가 된 것 같아서 병사들보다 먼저 목욕탕을 나왔다.

참고로 그 후에도 남탕에서는 일정 간격마다 함성이 들렸다든가 뭐라든가.

◆

　목욕탕 앞에서 신과 헤어진 후, 여탕으로 들어온 시실리와 마리아는 환호성을 질렀다.

　"와아, 본격적이네."

　"그러게. 야영지에서 목욕을 하게 될 줄은 상상도 못 했는데."

　원래는 게이트를 써서 집을 오갈 생각을 했었던 얼티밋 매지션즈의 여성진들은 본격적인 목욕탕의 모습에 만족스러워 하는 기색을 보였다.

　"그러고 보니 성녀님께선 알스하이드의 클로드 자작가 출신이셨죠? 온천으로 유명한."

　이쪽도 안내를 맡은 여자 병사가 말을 걸어왔다.

　"예? 아, 예."

　"그쪽에 비하면 간소한 목욕탕이라 면목이 없습니다."

　"아, 아뇨! 충분히 훌륭한 목욕탕이에요! 설마 야영지에서 목욕을 할 수 있을 줄은 꿈에도 몰랐는걸요."

　이건 솔직한 감상이었다.

　시실리는 만약 행군 중에 몸을 씻을 수 없고 게이트를 쓸 시간도 여의치 않다면 신을 피해 다닐 각오까지 했었다.

　몸에서 이상한 냄새가 날까봐 걱정됐기 때문이다.

　하지만 눈앞에 펼쳐진 본격적인 목욕탕을 본 순간, 그런 근심을 덜 수 있게 되어서 안도의 한숨이 나왔을 정도였다.

"이렇게 밖에서 목욕을 할 수 있게 된 것도 도사님의 마도구 덕분이죠. 요즘 군에서는 경험한 사람이 없지만, 옛날에는 행군 중에 목욕은 꿈도 꿀 수 없었다고 해요."

"급탕 마도구였죠? 그 마도구가 출시됐을 당시에는 저희 할아버지께서 많이 걱정하셨다고 해요. 온천의 가치가 사라진다면서요."

"그건…… 힘드셨겠네요."

온천으로 유명한 도시를 다스리는 클로드 자작가로서는 그야말로 비상사태였으리라.

자신들에게 목욕의 대중화라는 큰 은혜를 베풀어준 급탕 마도구 때문에 시실리의 친가인 클로드 자작가가 겪었을 고생을 미처 떠올리지 못했던 여자 병사는 이런 화제를 꺼낸 것을 후회했다.

하지만 당사자는 태연한 모습이었다.

"그런데 급탕 마도구로 목욕이 대중화된 덕분에 오히려 온천의 가치가 상승했다나 봐요. 온천은 일반적인 목욕과는 뭔가 다르다면서요."

온천은 지열로 데워진 지하수로 이루어진 샘이다. 지하 광맥을 통해 생성된 온천에는 다양한 성분이 포함되어있고 여러 가지 효능도 있었다.

입욕 습관이 뿌리를 내린 덕분에 일반적인 목욕보다 특별한 느낌이 드는 온천을 경험하려는 자들이 전보다 증가해서, 클로드 자작가의 온천은 오히려 비약적인 가치 상승을 이루었다.

"그렇게 생각하면 우리 온천의 가치를 올려준 건 할머님이셨네요."

"할머님? ……아, 하긴 성녀님께선 도사님의 손자분인 사도님의 약혼자셨죠."

"예."

약혼한 지 제법 시간이 지나서인지 시실리는 딱히 수줍어하지도 않고 대답했다.

"그러고 보니 저도 읽었답니다. 『신 영웅 이야기』. 거기 적힌 내용이 사실인가요? 첫 만남 때 사도님께서 성녀님을 구해주셨다는 게……."

"아으…… 그, 그렇기는 한데요……."

하지만 이 이야기는 부끄러웠는지 시실리는 얼굴을 붉히며 우물쭈물 대답했다.

그리고 연애 이야기가 시작되자 주위에 있던 다른 여자 병사들도 모여들기 시작했다.

그녀들은 시실리에게 서슴없이 질문을 던졌다.

"성녀님은 사도님의 어떤 점에 반하신 건가요?"

"어, 어떤 점이라니…… 그냥 어느새 좋아하게 됐다고밖에……."

여자 병사들은 그 대답에 한층 더 흥분했다.

"그, 그럼! 사도님은 어떤 분이신가요?!"

"그게…… 강하고, 멋지고, 가족과 친구들을 아끼는…… 다……다정한 사람이에요."

흥분이 더더욱 고조되었다.

"전처녀님도 역시 같은 인상을 받으셨나요?"

"전처녀님이라니…… 뭐, 딱히 틀리지는 않네요."

대뜸 전처녀님이라고 불린 마리아는 왠지 석연치 않은 기분으로 대답했다.

"그렇다면 전처녀님께서도 사도님을……."

"그건 아니에요."

마리아가 단칼에 부정하자 모두가 의아한 표정을 지었다.

"확실히 그걸로 끝이라면 우리 팀원 중에서도 신에게 반하는 애가 있었을지도 모르지만……."

여자 병사들은 마른침을 삼키며 뒷말을 기다렸다.

"아무튼 세상 물정 어두운 데다 자중이라는 걸 모르는 녀석이니까요. ……걔한테는 평범한 일이 저희에게는 상식을 벗어난 일이 되는 경우가 일상다반사였는걸요. 그런 걸어 다니는 트러블 메이커랑 사귀었다간 몸이 못 버틸걸요?"

"으~ 그렇게까지 말할 건 없는데……."

가차 없는 비평에 시실리가 무의식적으로 뺨을 부풀렸지만, 마리아는 개의치 않았다.

"넌 눈에 콩깍지가 껴서 신의 그런 점도 받아들일 수 있는 거겠지만, 우린…… 아무래도 좀 그래."

마리아가 말하는 세간에 퍼진 신의 모습과는 다른 평가에 여자 병사들은 당혹스러움을 감추지 못했다.

"하지만 전처녀님의 마법도 저희에게는 충분히 상식을 벗어난 것처럼 보이는데요……."

여자 병사들이 마리아의 마법도 마찬가지로 비상식적이라고 지적하자, 마리아는 당치도 않다며 항변했다.

"그 정도로 놀랐다간 신의 마법을 보면 까무러칠걸요? 그거의 몇 배더라? 시실리, 신이 진심으로 쓰면 어느 정도쯤 될까?"

"글쎄? 진심으로 마법을 쓰는 걸 한 번도 못 봐서……. 황야에서 마법 실험을 했을 때도 상당히 힘 조절을 한 거라고 했었으니……."

"주…… 주변 일대를 평지로 바꿔버린 게 상당히 힘 조절을 했던 거라고?"

"진심으로 쓰면…… 도시 하나쯤은 쓸어버리지 않을까?"

여자 병사들은 경악할 수밖에 없었다.

그리고 그런 터무니없는 사실을 태연하게 말하는 시실리의 모습에―.

'눈에 콩깍지가 낀 것도 정도가 있지!'

속으로 일제히 태클을 걸었다.

'도시가 아니라…… 나라겠지.'

그리고 마리아는 그 말을 입 밖으로 꺼냈다간 난리가 날 것 같아서 속으로만 곱씹었다.

◆

나는 목욕탕에서 나와 내 텐트가 있는 곳으로 돌아왔다.

무척 만족스러운 목욕이었다.

아직 몸이 후끈후끈해서 밖에서 식히고 있자 시실리와 마리아도 돌아왔다.

"어서 와. 목욕은 어땠어?"

"기분 좋았어요. 설마 야영지에서 목욕을 하게 될 줄은 상상도 못했는걸요."

"맞아. 이거라면 앞으로의 행군도 문제없겠어."

이게 다 마력 차단 마도구와 급탕 마도구 덕분이었다.

아무튼 내가 밖에 나와 있던 건 사실 다른 이유도 있었다.

"내 텐트는 1인용이라 좁아서 그런데 그쪽 텐트로 가도 될까?"

"예."

나는 시실리와 마리아의 텐트로 들어갔다.

2인용이지만, 지금 자려는 건 아니라 충분한 넓이였다.

"그럼 이 마도구를 기동하면……."

이건 『방음』 마도구다.

이 마도구를 기점으로 텐트 안 정도의 범위까지만 『소리의 진동』이 전달되므로, 그 범위를 벗어나면 소리가 새어나가지 않는 효과를 지녔다.

참고로 상시 발동형은 아니다.

이걸 쓴 건 지금부터 할 일을 주위에 비밀로 하기 위해서였다.

그리고 나는 어떤 물건을 꺼냈다.

방울이다.

나는 그걸 오픈 채널로 맞춘 무선 통신기 앞에서 흔들었다.

『음? 누구지? 신인가?』

"응. 오늘 고생했어. 지금 시간 괜찮아?"

『잠깐만…… 좋아, 이제 괜찮아.』

『이쪽도 괜찮아~!』

『이쪽도 준비 다 됐어.』

아직 무선 통신기에 착신음을 내는 기능이 없다 보니 이런 식으로 방울 소리가 들리면 연락을 받기로 사전에 약속했었다.

그러자 오그, 앨리스, 토니가 응답했다.

아마 다른 일행도 근처에 있으리라.

"이쪽은 국경에 도착하기 전에 마물과 한 번 교전했어. 너희는?"

『이쪽은 여기 올 때까지 마물의 습격은 없었어. 어쩌면 선행 부대가 토벌한 걸지도 모르겠군.』

『우리 쪽은 약간 있었어! 하지만 거의 중형들뿐인 데다 대형도 거의 없어서 나설 기회가 없었어!』

『우리 쪽도 조금 나왔어. 하지만 병사들끼리 토벌해서 나도 나설 기회가 없었지.』

각 진영을 유선 통신기로 연결할 예정이긴 하지만, 선을 땅속에 묻으면서 옮겨야 하다 보니 행군 속도를 완전히 따라잡지는 못했다.

그래서 각 진영의 최신 정보를 한 시라도 빨리 확인하기 위해 이런 모임을 가진 것이다.

참고로 무선 통신기의 존재는 아직 비밀이라 여기서 알게 된 정보를 본부에 알릴 수는 없었다.

아마 지금쯤이면 이쪽 정보를 가진 전령병들이 유선 통신기가 있는 곳까지 말을 타고 가서 정보를 교환하고 귀환하는 중이 아닐까.

아무튼 마물은 오그 쪽에는 전혀 없었고 앨리스와 토니 쪽에는 약간 나왔지만, 우리 쪽에는 상당히 큰 규모로 출몰했다.

이 차이는 대체 무엇일까.

"우리 쪽에는 꽤 많이 나왔어. 왜 이렇게 차이가 나는 걸까?"

『……네가 있어서가 아닐까?』

"잠깐! 또 그 트러블 체질설(說)이야?!"

『그건 농담이었고, 아무튼 네 기초 마력량은 우리 중에서도 독보적이잖아? 그 마력을 느끼고 접근했던 게 아닐까?』

트러블 체질설이 농담이었다는 말에는 가슴을 쓸어내렸지만, 그 뒤로 이어진 말을 듣고 식은땀이 흘렀다.

기초 마력량.

인간에게 마력을 쌓아두는 기관은 없지만, 마력이 충만한 세계에서 살고 있어선지 인간의 몸은 생명 활동에 영향을 미칠 정도의 마력을 띠고 있었다.

그것이 바로 기초 마력량이다.

그래서 이 세계의 인간은 마법을 쓸 수 없어도 누구나 마도구 정도는 사용할 수 있는 것이다.

인간은 기초 마력량이 높으면 마법을 쓸 수 있게 되고, 제어할 수 있는 마력이 늘어나면 그만큼 기초 마력량이 상승한다.

그리고 마물은 마력에 이끌리는 습성이 있다.

그래서 훈련할 때는 일부러 마력을 모아서 마물을 불러들인 적도 있었다.

나는 어릴 때부터 매일 마력 제어 훈련을 해서 남들보다 기초 마력량이 높다.

그렇다는 건 다시 말해…….

"지금까지 이상할 정도로 마물과 자주 마주친 건……."

『일단, 분명 너 때문이겠지.』

"……진짜?"

『안타깝게도 이것만큼은 진짜다.』

『신 군이 없어선지 이쪽은 엄청 평화로웠어! 마물을 잡으려고 행군하는 건데도!』

『맞아. 평화롭게 느껴지지만, 이런 게 보통인 거겠지.』

"이쪽은 난리도 아니었다고. ……마물이 대량으로 출몰하지 않나, 마리아는 『전처녀』라고 불리지 않나."

"잠깐! 그건 보고하지 않아도 되잖아!"

『호오? 그쪽은 꽤 즐거웠나 본데?』

"하나도 안 즐거웠거든요!?"

『그건 그렇고 신 쪽은 셋 다 호칭 보유자가 됐네. 하하, 부러운걸.』

"그렇게 부러워할 것 없어. ……듣는 쪽은 엄청 민망하다구."

결국 이날은 마물의 출현 정보 외에는 잡담이 되고 말았다.

보고를 마친 나는 시실리와 마리아에게 잘 자라고 인사한 후 내 텐트로 돌아왔다.

◆

지휘관이 묵는 천막은 작전 회의도 열리는 곳이기 때문인지 상당히 규모가 컸다.

그 천막 안에는 담 왕국군의 사령장관인 랄프 포트만을 비롯한 사도·성녀 반대파 멤버들이 비통한 표정으로 모여 있었다.

"……그런 걸 상대로 이길 수 있는 겁니까? 더구나 그 마법을 썼던 건 신 월포드도 아니었다면서요?"

"일개 팀 멤버가 그 정도라면 대표인 놈은 대체 얼마나 더 대단한 마법을 쓸 수 있을지……."

마리아의 마법을 본 반대파는 승산이 없다는 것을 깨닫고 체념하기 시작했다.

반대파 대부분이 신이 신(神)의 사도로 불리는 것을 마지못해 받아들이려 했지만, 랄프만은 아직도 포기하지 못했다.

그가 고지식한 인간이었기 때문이다.

지나치게 고지식한 탓에 다른 멤버들처럼 유연한 사고로 받아들일 수 없었다.

그가 생각하기에 신의 사도라 불리는 자는 신실하고 경건한 창신교도여야만 했다.

더 나아가서는 성직자가 아니면 안 된다고 생각할 정도였다.

그런 그에게 신의 사도 선언을 받아들이는 것은 도저히 무리였다.

"아직이다. 아직 기회는 있어. 마인을…… 마인을 먼저 토벌한다면……."

뭔가 중얼거리기 시작한 랄프를 보고 더 이상 대화를 나누는 건 무리라고 판단한 다른 이들은 그를 두고 천막을 나왔다.

"포트만 장관님께선 고민이 많아 보이시더군요."

"……제길! 뭐가 신의 사도냐! 창신교도도 아닌 주제에!"

"우리는 포트만 장관님을 계속 지지해드리자. 분명 뭔가 좋은 방법이 있을 터."

그들은 모두 창신교의 신도였다.

아니, 이 세계에서는 그렇지 않은 인간이 더 소수였다.

하물며 담은 이스 건국 전에 창신교의 본부가 있었던 나라라는 역사적 배경 때문인지 매우 경건한 신도가 많았다.

그 점을 고려하면 창신교의 신도도 아닌 신이 신의 사도라 불리는 것에 위화감을 느끼는 건 어쩔 수 없는 일이었다.

하지만 신을 수십만을 넘는 청중 앞에서 신의 사도라고 발표한 건 다름 아닌 그 창신교의 교황인 예카테리나였다.

그럼에도 그들은 예카테리나의 선언을 무시하고 그 호칭을 취소시키려는 방향으로 움직였다.

옆에서 보면 굉장히 부자연스러운 행동이었다.

하지만 이 천막 안에 있던 사람들은 본인이 이상하다는 것을 눈치채지 못했다.

그 이유는…….

"제스트 대장님, 이번에는 성공할까요?"

"글쎄."

"저번에는 실패했으니 말입니다."

"……실패했다고 우리에게 무슨 손해가 있는 것도 아니다만."

"……."

군에서 경계 중인 진지 안에 침입한 자들이 있었다.

마인 제스트와 로렌스였다.

진지 주위에 깔린 결계는 마물이 인간의 마력을 감지하지 못하도록 마력을 차단한 것뿐이라 직접 눈으로 보고 자신의 머리로 생각할 수 있는 마인에게는 전혀 효과가 없었다.

마물만 경계하는 병사들의 감시를 피해서 수월하게 랄프의 천막에 침입한 것이었다.

그리고 그들의 목적은…….

"이대로 구 제도로 오면 성가실 테니 다른 쪽으로 시선을 돌리게 해야겠군."

"……슈투름 님도 즐기실 수 없을 테니 말입니다."

"그런 셈이다. 그리고…….."

제스트는 책상에 턱을 괸 채 연신 혼잣말을 중얼거리는 랄프에게 손을 내밀었다.

"이런 정의감이 강한 인간은 사고를 유도하기 쉬워."

그리고 손에서 마력을 방출하며 말했다.

제스트가 랄프 일행의 정신을 조작하는 것을 지켜보고 있던 로렌스는 마침 이번 작전에서 신경 쓰이는 점을 떠올렸다.

"그러고 보니 제스트 대장님."

"왜?"

"슈투름 님께서 말씀하신 그건 언제쯤 투입하실 겁니까?"

"흐음……."

제스트는 잠시 생각에 잠겼다.

그 사이에도 마력은 계속 방출했지만, 이윽고 뭔가 결정을 내린 듯 다시 입을 열었다.

"인간들이 이쪽에 진입하면 바로 투입하겠다."

"바로, 입니까?"

"그래. 처음부터 험한 꼴을 당하면 한시라도 빨리 이 사태를 해결하고 싶어지겠지. 마침 그 타이밍에 놈들의 위치를 알게 되면 인간들이 과연 어떻게 움직일 것 같나."

"……어서 사태를 해결하려고 그쪽으로 방향을 돌리겠군요."

로렌스는 제스트의 결정에 납득했다.

이윽고 마력 방출과 사고 유도를 마친 제스트는 천막을 나오며 혼잣말을 중얼거렸다.

"자, 그럼 이번에는 과연 어떤 흥미로운 광경을 보여줄지 궁금하군. 슈투름 님뿐만 아니라 우리도 기대하고 있겠다."

마인령을 침공하기 전날.

알스하이드 군도 현 마인령인 구 제국령 국경 근처에서 야영을 하고 있었다.

주위의 다른 나라에 비해 규모가 큰 편인 알스하이드는 엘스와 이스의 가세를 받지 않아도 수만의 대군을 이번 군사 행동에 동원할 수 있었다.

그런 알스하이드군은 다른 나라에서는 볼 수 없는 한 가지 특징이 있었다.

기사학원생과 마법학원생의 동원이었다.

세계 연합이 체결된 덕분에 전력적인 문제는 해소됐지만, 여름방학 전에 만에 하나의 사태를 대비해서 이례적인 마물 토벌 훈련을 받았던 그들은 이미 마물들을 토벌한 실적을 올린 상태였다.

그래서 엘스와 이스의 도움을 받을 수 없는 알스하이드로서는 조금이라도 더 전력을 늘리는 동시에 학생들이 실전을 경험할 수 있는 좋은 기회라 보고 수백 명의 학생들을 군에 포함시켰다.

이미 마물을 토벌한 전적이 있다고 해도 그건 어디까지나 훈련의 일환이었지만, 이번에는 군의 본격적인 군사 행동이다.

하물며 알스하이드뿐만 아니라 여러 국가가 동시에 전개하는 세계적인 작전이었다.

그런 대규모 작전에 동원된 기사학원생들은 당연히 긴장할 수밖에 없었다. 하지만 그런 동기들에게 비교적 태연한 얼굴로 말을 거는 한 소녀가 있었다.

"말수가 적어졌네, 크라이스. 설마 마물 상대로 긴장한 거야?"

기사학원의 1학년 차석인 미란다였다.

"미란다냐……. 아니, 마물은 훈련으로 실컷 사냥해봤으니 그것 때문에 긴장한 건 아니지만, 아무래도 이건 세계적인 규모의 작전이야. ……그런 데 참가했으니 긴장할 수밖에 없잖아."

기사학원의 1학년 수석인 크라이스를 비롯한 다른 학생들도 긴장한 분위기였다.

그야 그럴 만도 한 것이 여태까지는 기사학원생을 군의 지휘하에 전장으로 차출하는 일은 없었다.

하지만 그랬던 그들이 난데없이 세계에서 동시 진행 중인 작전에 동원되고 말았다.

아무리 마물을 토벌한 경험이 있다 해도 긴장하는 게 당연하리라.

"넌 꽤 여유가 있어 보이네?"

미물 토벌보다 군사 작전에 참가하는 게 더 긴장된다는 크라이스에 비해 기사학원 1학년 차석인 미란다는 딱히 그런 기색을 보이지 않았다.

크라이스가 그 점의 의아하게 여기며 묻자 처음 듣는 이름이 언급되었다.

"음…… 마리아가 고생한 걸 들어선지 내가 딱히 대단한 일을 하는 것 같다는 생각이 안 들어서."

"마리아?"

"기억 안 나? 뭐, 너희는 합동 훈련 때 월포드 군의 여친……
지금은 이미 약혼자라든가. 그 아이한테 열을 올리느라 안중
에도 없었나 보네. 그 아이 말고도 여자애가 한 명 더 있었어."

한순간 당시의 일을 떠올린 크라이스는 약간 침울해졌다.

"그 합동 훈련이 끝난 후에 묘하게 마음이 잘 맞아서 가
끔 만나곤 했거든."

"그랬어?"

"시실리라는 애랑은 소꿉친구인데, 걔가 월포드가에 시집
갈 준비를 하느라 바쁘다고 해서 대신 자주 같이 여기저기
놀러 다녔어."

"시, 시집……."

그 시실리와 결혼한다는 것에 부러움을 느낀 크라우스는
이를 악물 수밖에 없었다.

"하아…… 아직도 미련이 남은 거니? 그만 포기해. 국왕
폐하께서 공인한 약혼이라구? 하물며 월포드 군은 이젠 신
의 사도라고까지 불리는, 알스하이드를 넘어선 세계적인 영
웅으로 부상하는 인물이잖아? 너 같은 건 천지가 뒤집혀도
상대가 안 돼."

"……."

반박할 여지가 없는 미란다의 핀잔에 크라이스는 더더욱

침울해질 수밖에 없었다.

그러자 그런 두 사람에게 누군가가 말을 걸었다.

"그쯤 해둬, 미란다. 그러다 애 망가지겠다."

"후후, 꽤 믿음직스러워졌군요. 미란다. 전 기쁩니다."

"지, 지크프리트 님! 크리스티나 님!"

지크프리트와 크리스티나는 평상시에는 왕성과 왕족을 지켜야 하는 궁정 마법사단과 근위 기사단이라는 부서에 근무하고 있었지만, 합동 훈련 당시에 학생들을 무사히 지킨 실적을 높이 사서 이번 작전에 동원된 학생들을 인솔하고 있었다.

기사학원생들은 갑자기 등장한 인솔자들을 보고 놀라서 자세를 바로 고쳤다.

하지만 지크프리트는 개의치 않고 미란다에게 방금 대화에서 신경 쓰이는 부분을 물어보았다.

"그건 그렇고 마리아랑 친구가 됐다고?"

"아, 예!"

"그렇게 딱딱하게 굴지 않아도 돼. 그래서? 평소에는 주로 무슨 얘기를 해?"

지크프리트가 말을 걸자 미란다는 얼굴이 단숨에 새빨개지더니 긴장한 얼굴로 대답했다.

신은 전혀 믿어주지 않지만, 지크프리트는 여자들 사이에서는 굉장히 인기가 많았다.

그는 마법사지만, 여마법사뿐만 아니라 여기사들 중에서도 다수의 팬이 있을 정도다.

미란다도 그 중 한 사람이었다.

동경하던 사람이 바로 눈앞에 있으니 긴장하는 게 당연했다.

"저기, 그게…… 시실리…… 양이 월포드 군과 약혼한 뒤로 매일 꽁냥대는 모습을 보여주는 게…… 짜증난다기보다 슬프다든가……."

"아……."

"우리한테도 좋은 만남이 있을까? 라든가……."

"……."

"……어떻게 해야 좋은 남자를 만날 수 있을까, 라든가……."

지크프리트는 혹시 전투에 관한 이야기를 들을 수 있지 않을까 해서 물어봤던 거였지만, 돌아온 건 전투와 전혀 관계없는 대답이었다.

"그만! 이제 그만 말해도 돼! 미란다!"

듣다가 슬퍼진 지크프리트가 말을 끊자, 옆에서 이야기를 듣고 있던 크리스티나가 미란다의 어깨에 손을 얹고 웃어주었다.

"미란다……."

"예?"

"……우리도 노력해봅시다."

"크리스티나 님……. 예……."

좋은 남자를 찾을 수 있도록 노력하자며 서로를 격려했다.

그런 슬픈 광경을 연출한 크리스티나의 시야에 문득 어떤 물건이 들어왔다.

"어? 그 검은······."

"아, 예. 월포드 상회에서 산 익스체인지 소드예요."

"그러네요. 군에 입대한 후에 지급되는 물건이라 혹시나 했습니다. 자비로 산 건가요?"

"예. 마리아가 추천해서요. 그리고 이것도······."

미란다는 그렇게 말하며 시선을 아래로 내렸다.

"흠. 제트 부츠도 구입했군요."

"마리아도 산다고 해서 저도 사봤어요. 같이 마물 사냥 알바를 다니다 보니 이젠 제법 사용에도 익숙해졌고요."

"그런가요. 훌륭합니다. 미란다. 신 일행과의 실력 차에 절망하지 않고 그 차이를 줄이려는 그 마음가짐. 다른 사람들도 보고 배워줬으면 좋겠군요."

시실리가 신의 집을 드나들며 결혼 준비로 바쁜 가운데, 혼자 남겨진 마리아는 그동안 미란다와 친교를 다졌던 모양이다.

좋은 남자를 만나기 전에 좋은 친구가 생긴 셈이다.

"뭐······ 막중한 책임을 짊어진 마리아에 비하면 저 같은 건 아무것도 아닌걸요."

같은 여기사로서 동경하는 존재인 크리스티나에게 칭찬을

받았지만, 미란다는 그리 기뻐하지 않았다.

얼티밋 매지션즈의 일원으로서 이번 작전의 핵심이 된 친구.

실력뿐만 아니라 입장도 아득히 앞서가는 마리아를 떠올리면 자신의 존재가 무척 왜소하게 느껴지기만 했다.

그리고 막중한 책임을 짊어진 친구에 비해 선배 기사들과 인솔자까지 동행하는 일개 학생에 불과한 자신이 무척 한심스럽기도 했다.

크리스티나는 그런 자책감에 시달리는 미란다를 응시하며 말했다.

"……강해지고 싶나요?"

"예. 하다못해 마리아의 친구라고 가슴을 펴고 말할 수 있을 정도로는요."

미란다의 눈에는 강해지고 싶다는, 친구의 도움이 되고 싶다는 의지가 담겨 있었다.

크리스티나는 고개를 크게 끄덕인 후 이렇게 말했다.

"잘 말했습니다. 미란다, 그런 당신에게 제안이 있습니다."

"아, 예!"

"저와 함께 전선으로 나가죠. 제가 직접 단련시켜드리겠습니다."

"예?"

"알겠습니까?"

"아, 예! 감사합니다, 크리스티나 님! 저, 열심히 할게요!"

"후후, 언젠가 마리아 양과 어깨를 나란히 할 수 있게 되면 좋겠군요."

"예!"

이렇게 해서 학생 중에 미란다에게만 특별히 최전선 참가가 허락되었다.

그리고 크리스티나는 미란다를 데리고 식사를 하러 떠났다.

남겨진 지크프리트와 다른 학생들은 그런 두 사람을 멍하니 지켜볼 수밖에 없었다.

"크리스도, 미란다도 여자들끼리만 뭉쳐서 어쩌겠다는 건지……. 아니, 그보다 인솔은?"

당분간 그녀들에게는 봄이 오지 않을 거라는 사실과 학생 인솔을 혼자서 맡아야 한다는 사실을 깨달은 지크프리트는 깊은 한숨을 내쉴 수밖에 없었다.

제2장 호칭은 민망함과 함께

마인령과의 국경에서 야영을 한 다음날.

마침내 마인령에 진입하는 순간이 왔다.

여담이지만, 남자 병사들은 어제 시실리와 같은 텐트를 쓰지 않은 나에게 존경의 시선을 보내고 있었다.

그런 귀여운 약혼자와 동행했는데도 인내하는 강철 같은 의지력을 보여주었다는 찬사까지 보냈다.

……그게 뭐가 존경스럽냐는 생각부터 들었지만, 아무튼 남자 병사들의 반감을 사진 않은 모양이니 다행이라고 치자.

아무튼 마침내 마인령으로 진입했지만…… 바로 마물들이 대량으로 몰려지는 않았다.

하긴 당연했다.

마물이 인간처럼 국경을 지킬 리도 없고, 딱히 국경이라고 해서 마물의 침입을 막는 결계가 있는 것도 아니었으니 말이다.

색적 마법을 써봤지만, 당장 주위에서 느껴지는 마물의 기척은 없었다.

그렇게 30분 정도 이동한 다음.

"오. 이제야 납셨구만."

드디어 마물의 반응이 느껴졌다.

상당히 수가 많았고 이쪽을 향해 일직선으로 다가오고 있었다.

아마 이쪽의…… 주로 내 마력을 감지한 게 아닐까.

여기저기서 모이기 시작한 마물은 점점 수를 불리며 대규모 집단을 형성했다.

"역시 수가 많아. 마인령에 마물이 넘친다는 건 과장이 아니었나 보네."

물론 이게 끝은 아니리라.

오히려 이 다음부터 얼마나 모일지가 관건일 것이다.

"전원, 전투 준비! 상대는 마물이다! 작전은 필요 없어! 베고, 베고, 닥치는 대로 베어버려라!"

"""우오오오오오오!"""

담의 지휘관인 듯한 인물의 목소리가 전장에 울려 퍼지자 병사들이 이어서 사기를 북돋듯 함성을 질렀다.

이 순간을 기점으로 마인령 침공 작전이 본격적으로 시작되었다.

"마법사단! 공격 마법, 발사!"

담, 엘스, 이스 연합군의 지휘관이 호령하자 마법사단이 영창한 마법을 단숨에 해방했다.

위력은 그다지 강하지 않았지만, 다수의 인원이 일제히 마법을 날리자 박력이 넘쳤다.

그리고 마법사단의 사격이 끝나자 이번에는 기사와 병사들이 마물들을 향해 돌진했다.

과연 군의 정규군답다. 중형까지의 마물은 거의 단독으로 사냥하고 있었다.

대형도 여러 명이서 대처하면 문제없이 해치웠다.

어제는 그다지 볼 기회가 없었던 군의 활약에 마리아가 감탄했다.

"굉장하네. 이거, 우리가 나설 차례는 없지 않을까?"

"……이상한 플래그 세우지 마."

"아, 나왔네요."

"……."

"내, 내 탓 아니거든?!"

호랑이도 제 말하면 이라든가.

중형이나 대형과는 비교도 할 수 없는 불길한 마력이 느껴졌다.

"재해급 출현! 전원, 신속히 후퇴! 주위의 잔챙이들이 사도님 일행에게 접근하지 못하게 막아!"

작전 내용은 다들 숙지하고 있는지 재해급과 대치하는 사람은 없었다.

오히려 우리가 싸우기 쉽도록 자리를 비워주었다.

그런 병사들의 배려를 받으며 전장에 나오자…… 보였다.

초대형 늑대였다.

어쩐지 인간의 말도 할 수 있을 것 같은 녀석이었다.

일반적으로 늑대는 중형으로 분류된다.

하지만 마물이 되고 오랜 세월이 지나면 흡수한 마력량이 커져서 대형이 된다.

그 후에도 계속 마력을 흡수한다면 이렇게 재해급이 될 때도 있다고 한다.

여기서 주의해야 하는 건 시간이 지나서 재해급이 됐다는 부분이다.

마물이 된 시점에서 재해급이 되는 사자나 호랑이에 비해 오랜 세월을 살아온 만큼 재해급 늑대는 교활한 개체가 많다.

이거 참, 희귀할 뿐만 아니라 번거롭기까지 한 녀석이 나와버렸구만.

"시실리, 마리아. 재해급 늑대는 처음이지?"

"예⋯⋯."

"저 녀석은 아무튼 빨라. 그러니 속도를 늦춰주면 고맙겠어."

"그, 그럴게요!"

"⋯⋯이미 사냥해본 적 있다는 말투네?"

뭐, 그런 셈이다.

잡을 수는 있지만, 엄청 번거로운 상대다.

그래서 이번에는 체면을 신경 쓰지 않고 시실리와 마리아의 지원을 받기로 했다.

나는 두 사람에게 설명한 후, 바이브레이션 소드를 꺼내고 제트 부츠를 써서 정면으로 돌진했다.

　"앗?! 사도님, 무모하십니다!"

　전황을 지켜보는 병사가 경악했지만, 딱히 무모한 짓은 아니었다.

　늑대는 정면에서 날아오는 날 보자마자 옆으로 피하려 했다.

　─깨갱! 카아악!

　내가 돌진하는 동시에 늑대의 『양옆』을 공격하라고 지시한 시실리와 마리아의 마법이 늑대가 옆으로 몸을 날린 타이밍과 일치했고, 시실리가 날린 얼음의 창이 늑대의 거대한 몸에 깊이 틀어박혔다.

　그 통증을 견디지 못한 늑대는 마구 몸부림을 쳤다.

　덕분에 늑대의 재빠른 움직임이 완전히 멈췄다.

　모처럼 시실리가 만들어준 기회를 놓치지 않기 위해 난 제트 부츠로 방향을 전환해서 늑대에게 접근했다.

　그리고 늑대의 목덜미를 노리고 바이브레이션 소드를 휘두른 순간.

　챙강!

　늑대가 반사적으로 입을 벌리더니 날카로운 송곳니로 검면을 물어서 막았다.

　틀림없이 우연이리라.

　바이브레이션 소드는 검날을 진동해서 절삭력을 강화한

마도구다.

효과가 적용되는 건 당연히 검날 부분뿐이라 검면을 물어버려서 공격이 막힌 것이다.

"아앗! 신 군!"

그 모습을 본 시실리가 당황한 듯 외쳤지만, 늑대도 날 물어뜯으려고 입을 벌린 순간 바이브레이션 소드에 두 동강이 날 테니 섣불리 움직이지 못했다.

검이 봉쇄된 나와, 검을 막기는 했지만 다음 행동으로 옮길 수 없는 늑대가 한순간 교착 상태를 이루었지만…… 미안하게 됐다, 늑대야.

난 검뿐만 아니라 마법도 쓸 줄 알거든.

나는 양손으로 쥐고 있던 바이브레이션 소드에서 한 손을 뗐다.

그리고 바이브레이션 소드를 물고 있느라 약간 이가 벌어진 늑대의 입안을 향해 초고열 불꽃 마법을 날렸다.

이러면 늑대는 당연히 뒤로 크게 후퇴할 터.

그 틈을 놓치지 않고 해치워버리면 된다고 생각했지만…….

─커허어어어엉!

내 마법의 침입을 허용해 몸속이 타버린 늑대는 눈 깜짝할 사이에 절명했다.

……어라?

재해급 늑대는 영리하니까 마법을 쓰는 기척을 느끼면 검을 놓고 거리를 벌릴 줄 알았는데…… 정통으로 맞아버렸네?

그러자 뒤에서 다가온 마리아가 몸속이 전부 타버려서 연기가 피어오르는 늑대를 보고 눈살을 찌푸렸다.

"신, 너…… 너무 잔인한 거 아니니?"

"아니…… 공격이 막혀서 늑대를 물러나게 하려고 마법을 쓴 건데……."

"……마법이 완전히 입속으로 들어가 버렸네요."

이어서 다가온 시실리는 입속으로 불꽃 마법이 들어가는 광경을 상상한 건지 약간 불쌍해하는 눈으로 재해급 늑대를 바라보았다.

으, 음……. 뭐, 여자들은 기겁했지만 아무튼 재해급 토벌 완료다.

"괴, 굉장해! 재해급 늑대를 한 방에 죽였어!"

"사도님께 뒤쳐지지 마라! 우리의 힘을 보여드려!"

""""우오오오오오!""""

지나치게 잔인한 방법으로 죽여서 표정이 약간 미묘해진 우리와 달리 처음으로 재해급을 토벌하는 광경을 본 병사들은 사기가 급등했다.

이런 분위기라면 마물 토벌은 순조롭게 진행되리라.

그건 그렇고 이 재해급 늑대는 내가 과거에 토벌한 개체에 비해 왠지 교활함이나 영리함 같은 게 부족한 듯한 기분이 들었다.

그저 덩치가 크기만 한 마물 늑대라는 인상이다.

뭐랄까, 왠지 기분이 개운치 않았다.

다른 쪽은 괜찮으려나?

◆

신 일행이 마인령을 향해 진군을 개시했을 무렵, 알스하이드군도 마인령을 향해 진군 준비를 시작했다.

야영지의 정리를 마친 후 알스하이드 왕국 군무장관인 도미니크 가스톨은 병사들에게 훈시했다.

"명심하도록! 우리는 다른 나라와 달리 신 군 일행, 즉, 얼티밋 매지션즈의 도움을 받을 수 없다. 따라서 재해급 마물도, 만에 하나라도 마인이 나타났을 때도 우리의 힘으로만 대처해야 해!"

담의 출진식에 참석했던 그는 행사가 끝난 후 신의 게이트 마법으로 알스하이드에 돌아와 군의 지휘를 맡았다.

물론 작전 내용이 정해졌을 때부터 알려진 사실이지만, 막상 그때가 오자 병사들의 표정이 불안해졌다.

그러자 전 군무국장이자 현 마법사단장인 루퍼 올그란이 그런 병사들의 불안을 떨쳐내기 위해 도미니크와 자리를 교대해서 외쳤다.

"하지만 두려워 할 필요는 없다! 특히 마법사단! 너희는 현자님의 가르침을 직접 실행해서 지금까지 이상의 힘을 손에 넣었다! 내가 보증해주마! 너희는 강해!"

루퍼의 말에 마법사단은 사기를 북돋으려는 듯 함성을 질렀다.

언뜻 경박한 자들이 많아 보이지만, 다들 눈에서는 의욕이 넘쳤다.

"기사와 병사들도다! 제군들은 새로운 장비에 피를 흘릴 듯한 노력…… 아니, 실제로 피를 흘려가며 적응했다. 나도 한 마디 하마. 제군들은 강하다!"

마법사단에 대항심을 불태우던 기사와 병사들도 도미니크의 말에 함성을 질렀다.

각 부대가 서로를 의식하며 사기가 최고조에 도달했다.

"그럼 가자! 진군!"

""""우오오오오오!""""

그리고 마침내 알스하이드군도 진군을 개시했다.

"드디어 시작됐네."

"예, 언니. 저희도 그 아이에게 지지 않도록 힘내 봐요."

"맞아. ……언니 체면이 있지. 동생에게 지기만 할 수는 없어."

그중에는 시실리의 언니인 세실리아와 실비아의 모습도 있었다.

마법사단 소속인 그녀들도 이번 작전에 참가했다.

세실리아는 말로는 질 수 없다고 했어도 동생인 시실리에게 딱히 대항심을 가진 건 아니었다.

얼티밋 메지션즈 멤버로서 신에게 직접 마법을 배운 시실리의 실력은 이미 두 언니를 아득히 뛰어넘은 상태였다.

전공으로 이길 수 있을 리 없었다.

하지만 아무리 강해졌어도 역시 시실리는 자신들의 동생이었다.

원래 아이들에게 인류 전체의 운명을 맡기는 건 어른으로서 해선 안 될 일이었다.

"우리 어른들도 열심히 싸워야겠지."

"예!"

자신들의 세계는 스스로 지키자.

그런 결의를 다진 건 시실리아와 실비아뿐만 아니라 주위의 다른 이들도 마찬가지였다.

그런 마음가짐으로 진군했지만, 이쪽도 한동안 마물은 나타나지 않았다.

하지만 잠시 후.

"왔군!"

마법사단장인 루퍼의 색적 마법은 이 자리의 그 누구보다 우수했다.

그런 루퍼가 마물 집단의 접근을 감지한 것이다.

그 말을 들은 도미니크는 즉시 전군에 지시를 하달했다.

"전원! 전투태세! 루퍼, 부탁하네."

"알았어! 마법사단! 공격 마법 준비!"

루퍼의 신호로 알스하이드 마법사단은 마력을 끌어올렸다.

하지만 예전과는 명백히 달라진 점이 있었다.

아무도 영창을 하지 않은 것이다.

"발사!"

마법사단은 일제히 무영창으로 마법을 날렸다.

마법의 효과가 가급적 상쇄되지 않도록 주의하면서 날린 마법은 여태까지와 규모 자체가 달랐다.

어마어마한 위력의 마법 폭풍이 차례차례로 마물 집단을 휩쓸었다.

원래대로라면 이어서 기사단이 돌격해 숨통을 끊어놔야 했지만, 그 전에 절명한 마물도 적지 않았다.

"괴, 굉장해……."

그 광경을 본 마법학원의 학생이 무영창으로 강력한 마법을 날린 마법사단에 뜨거운 시선을 보냈다.

하지만 거기에 태클을 거는 사람이 있었다.

"이봐, 뭘 그렇게 감탄하는 거냐? 너희 또래인 신 일행의 마법은 고작 이 정도 수준이 아니거든?"

지크프리트의 핀잔에 고등 마법학원생들은 일제히 입을 다물었다.

신을 예시로 들긴 했지만, 사실 그들은 일종의 체념과 같은 감정에 사로잡혀 있었다.

신은 영웅이자 현자라고도 불리는 멀린과 도사 멜리다의 손자다.

마음속 한구석에서는 태어났을 때부터 두 영웅의 지도를 받으며 자라온 그를 자신들과 다른 차원의 존재처럼 여기고 있었다.

그리고 마치 그 사실을 증명하는 것처럼 신 일행은 재해급과 마인을 담당하는 연합군의 핵심 전력이 됐지만, 자신들은 인솔자가 따라다니는 전장 체험 학습생에 불과했다.

실력 차이가 워낙 어마어마하다 보니 분한 것 이상으로 현실에 체념하게 되는 복잡한 심경에 사로잡힌 것이다.

학생들의 표정에서 그런 감정을 읽어낸 지크프리트는 이렇게 물었다.

"너희들, 마법학술원에서 발표된 논문은 읽어 봤어?"

그 말에 학생들은 고개를 떨구었다.

마법학술원은 고등 마법학원보다 상위의 마법 연구기관이다.

마법 전반에 걸친 연구를 통해 새로운 이론이 발견되면 논문으로 공표한다.

각국마다 설치된 기관이라 동맹국 사이에서는 정보의 공유도 이루어졌다.

그런 마법학술원에서 얼마 전에 어떤 논문이 발표되었다.

제어할 수 있는 마력량과 정밀도를 높이면 마법 자체의 위력이 상승하고 무영창도 쓸 수 있게 된다는 내용이었다.

공식 발표된 논문이었지만, 마법학원생들의 표정만 봐도 그들이 그 논문을 읽지 않았다는 건 명백했다.

그 점을 눈치챈 지크프리트는 마법학원생들을 질타했다.

"대체 왜 안 읽는 건데? 교직원한테 배우기만 하는 게 훈련이야? 신은 어릴 때부터 훈련을 빼먹은 적이 없었어. 항상 나름대로 뭔가를 고찰해왔지. 그 결과가 너희도 잘 아는 그 규격 외 마법사의 탄생이야. 그 녀석이라고 특별한 힘을 가지고 태어난 게 아니었어. 전부 본인의 노력으로 얻은 힘이라고."

실제로는 전생의 기억이라는 특별한 『지식』을 가지고 태어났지만, 지크프리트의 말대로 특별한 『힘』을 가지고 태어난 건 아니었다.

마법이 존재하는 세상에 태어났다는 것 자체가 너무나도 즐거워서 갖가지 실험을 거듭한 결과가 바로 현재의 신이었다.

지금은 세계적인 영웅으로 부상하고 있는 그도 태어나면서부터 강했던 건 아니었다.

노력으로 그 힘을 손에 넣은 것이다.

그 말을 들은 마법학원생들의 눈에 희망과 힘이 돌아왔다.

분했다.

하지만 노력으로 얻을 수 있는 힘이라면 자신들도.

그런 결의가 두 눈에 깃들었다.

"알아들었으면 가세하러 다녀 와."

"""예!"""

마법학원생들은 조금 전까지와 달리 힘차게 대답하며 전장으로 향했다.

그렇게 마법학원생들을 전장(이라고는 해도 후방에서 마법으로 지원하는 것뿐이지만)으로 보낸 지크프리트는 자신이 인솔을 맡은 또 하나의 집단 쪽으로 시선을 돌렸다.

"자, 기사학원생 제군."

그들과 눈을 마주친 후.

"……난 기사에 대해선 잘 몰라."

……하지만 크리스티나가 없으니 기사의 마음가짐을 알려 줄 수는 없었다.

맥이 탁 풀린 기사학원생들 앞에서 지크프리트는 다시 입을 열었다.

"하지만 너희도 똑같겠지. 교직원의 지시에 따라서만 훈련했을 거야."

그러자 기사학원생들도 마법학원생들과 마찬가지로 고개를 떨구었다.

"크리스가 없으니 구체적인 지시를 내릴 수는 없지만……."

지크프리트는 그런 그들을 둘러보며 말했다.

"그 크리스가 자리를 비우게 된 원인인 미란다를 본받아 봐."

기사학원생들은 퍼뜩 놀라서 고개를 들었다.

"미란다는 마리아와 대등해지고 싶어서 직접 검을 사고, 제트 부츠를 사고, 실제로 마물 사냥을 하면서 스스로 강해지려고 노력했잖아? 그런데 왜 너희는 그렇게 못 하는 건데?"

그리고 그제야 뭔가를 깨달은 얼굴을 했다.

자신들을 지도하는 건 교관들이니, 그들의 지시대로만 훈련하면 강해질 수 있다고 믿었다.

하지만 스스로 노력하자는 생각은 단 한 번도 해본 적이 없었다.

"뭐, 아직 학생이니 어쩔 수 없겠지. 하지만 마법사단과 기사단도 강해지기 위해 적극적으로 새로운 기술과 장비를 도입하고 있잖아?"

그렇게 말한 지크프리트는 전장으로 시선을 돌렸다.

그곳에는 무거운 갑옷을 걸친 기사들이 제트 부츠를 구사해서 하늘을 종횡무진 날아다니는, 지금까지 경험한 적 없는 새로운 광경이 펼쳐져 있었다.

"하하! 이거 참, 굉장한 광경이구만. 너희는 이대로 괜찮겠어? 이러다간 기사단은 물론이고 동기인 미란다한테도 뒤처지겠는데?"

그 말을 들은 순간, 기사학원생들은 저마다 뭔가를 결심한 표정을 지었다.

"마물 토벌 훈련은 우리도 엄청나게 했잖아?! 이제 와서 방해가 되면 어쩔 거야! 우리도 가자!"

"""우오오오오오!"""

기사학원의 3학년인 리더격의 남학생이 고함을 지르자 다른 기사학원생들도 전장으로 달려갔다.

"후우, 거 참. 나도 거들어주러 가보실까."

학생들을 질타해서 전장으로 보낸 지크프리트가 그들을 지원하려고 한 순간.

"재해급 출현!"

각오는 했지만, 듣고 싶지는 않았던 보고를 받았다.

"칫! 하필이면 이 타이밍에!"

동작을 멈추고 재해급 마물이 출현했다는 곳으로 방향을 전환한 순간.

"……저게 뭐야? 코뿔소…… 인가?"

이 세계에는 마물이 되지 않는다고 알려진 동물이 몇 종류 존재했다.

인간도 그렇고 눈앞에 있는 코뿔소나 코끼리, 바다에 있는 고래 등이 그중 하나였다.

인간은 본인의 의지로 마력을 제어할 수 있다는 이유가 있지만, 그 밖의 동물들에게는 한눈에 알아볼 수 있는 특징이 있었다.

원래부터 몸이 거대한 것.

그래서 확실한 이유는 판명되지 않았지만, 대체적으로 몸집이 큰 동물은 마물이 되지 않는다고 여겨졌다.

"세상에…… 뭐가 저리 커?"

하지만 지금 눈앞에 있는 것은 2층 건물에 필적하는 크기의 거대한 마물 코뿔소였다.

"이봐! 저게 대체 뭐야! 코뿔소가 마물이 된다는 소리는 들어본 적도 없다고!"

무심코 비명을 질렀던 지크프리트는 그 마물 코뿔소가 움직이는 기척을 느끼고 전장에 있는 병사들에게 외쳤다.

"위험해! 일단 떨어져!"

눈앞에서 얼씬거리는 병사들에게 짜증이 난 건지 거대한 몸으로 돌진을 개시했다.

"진로에서 벗어나! 옆으로 뛰어!"

지크프리트가 부지불식간에 확성 마법을 써서 외치자 코뿔소의 진로상에 있던 병사들이 제트 부츠를 써서 피했다.

제트 부츠를 장비하지 않았다면 전부 무사하지 못했으리라.

"아잇! 저 자식이!"

하지만 처음부터 코뿔소 근처에 있던 일부 병사는 돌진에 말려들었다.

그 거대한 몸집만 봐도 알겠지만, 무게도 상당한지 병사들의 생존은 절망적이었다.

아군을 유린한 마물을 증오스러운 눈으로 노려보던 지크프리트는 코뿔소가 돌진하는 너머로 시선을 돌렸다.

아직 마물과 전투 중인 병사들이 있었기 때문이다.

"그 녀석들은 내버려둬! 아무튼 진로에서 벗어나!"

지크프리트의 목소리를 들은 병사들은 대치 중인 마물들을 내버려두고 일제히 진로에서 이탈했다.

이들도 전부 제트 부츠를 사용했다.

병사들이 개미처럼 뿔뿔이 흩어졌지만, 마물들은 그 자리에 남았다.

"우와! 마물들이 짓밟히고 있어……."

그러자 코뿔소는 그 마물들도 개의치 않고 몸으로 쳐 날리면서 돌진했다.

"이건…… 엄청난 녀석이 튀어나왔군요."

"크리스냐. 미란다도 무사했어?"

"아, 예!"

지크프리트는 옆으로 다가온 두 여자에게 말을 걸었다.

둘 다 무사했던 모양이다.

크리스티나는 겨우 돌진을 멈춘 마물 코뿔소를 바라보며 지크프리트에게 말을 걸었다.

"저거, 어쩌죠?"

"어쩌고 자시고 뭐, 마침 한 가지 떠오른 게 있기는 한데."

"떠오른 거?"

"뭐, 보고 있어 봐."

지크프리트는 질문에 대답하지 않고 전장으로 돌아갔다.

"지크프리트 님?!"

"왜 오신 건가요? 학생들의 인솔은?"

"오, 세실리아와 실비아. 뭐, 좀 시험해보고 싶은 게 있어서. 위험하니까 대피해."

"대체 뭘 하시려고요?"

"됐으니까 보기나 해."

전장에서 시실리의 언니인 세실리아, 실비아와 마주친 지크프리트는 두 사람에게 대피하라는 명령을 내린 후 돌진을 멈추고 그 자리에서 날뛰는 마물 코뿔소에게 시선을 고정하고 잠시 이동하다 어느 지점에서 정지했다.

그리고 뒤를 확인한 후 마물 코뿔소를 향해 마법을 날렸다.

지크프리트가 혼신의 마력을 담은 마법은 마법사단이 날린 마법보다 훨씬 더 강력했지만, 마물 코뿔소의 단단한 외피에 맥없이 튕겨나가고 말았다.

"칫! 엄청 단단한 피부구만. 대미지가 전혀 안 들어갔잖아…… 우웃!"

대미지는 없었지만, 자신을 공격한 인간의 존재를 인식한 마물 코뿔소는 화를 내며 이쪽을 향해 다시 돌진했다.

제트 부츠를 써서 그 돌진을 피한 지크프리트는 멈추지 않고 나아가는 코뿔소의 뒷모습을 바라보았다.

"오~ 잘 쓸어버리고 있네."

지크프리트가 전장을 이리저리 이동하거나 마법을 쓰기

전에 뒤를 확인했던 건 아군 병사들 때문이 아니었다.

마물이 어디에 모여 있는지 확인했던 것이다.

마물 코뿔소는 몸집이 워낙 큰 탓인지 한 번 달리기 시작하면 방향 전환이나 급정지가 불가능한 모양이었다.

첫 돌진에서 다른 마물도 가리지 않고 날려버리거나 짓밟는 광경을 목격한 지크프리트는 그 점을 이용해서 잔챙이들을 쓸어버릴 계획을 세운 것이다.

결과는 매우 성공적이었다.

"꽤 줄었나?"

"지크프리트 님 굉장해요! 마물이 저렇게 많이 줄어들었어요!"

"지크, 당신······."

"왜?"

"······왠지 사고방식이 신과 비슷해지지 않았나요?"

"잠깐! 진짜?!"

두 여자의 곁으로 돌아온 지크프리트는 미란다에게 순수한 찬사를 받았지만, 크리스티나는 신이나 떠올릴 법한 생각이라고 핀잔을 주었다.

그 말에 지크프리트는 내심 큰 충격을 받은 모양이었다.

아무튼 이 작전은 매우 효과적이었다.

"우리도 해보죠!"

"예! 언니!"

그 상황을 지켜본 세실리아와 실비아를 비롯한 마법사들도 똑같은 방식으로 마물 코뿔소를 유도해서 마물들을 해치우게 했다.

다른 병사들은 마물들이 최대한 한 곳에 모이도록 유도했고 거기에 또 코뿔소를 몰고 오는 방식.

이 상태라면 다른 마물들은 문제없이 처리할 수 있을 것 같았다.

"문제는 저 녀석인데……."

"지크가 온힘을 다해서 날린 마법도 맥없이 튕겨나갔죠."

"큭! 워, 원래 피부가 두꺼운 동물이잖아! 마물이 돼서 그 특징이 엄청나게 강화된 거라고!"

"하지만…… 그럼 어쩌면 좋을까요?"

두 사람의 언쟁을 듣고 있던 미란다가 끼어들자, 지크프리트는 한 가지 타개책을 제시했다.

"뭐, 피부는 두껍지만 관절은 아니겠지."

"그렇다면…… 저희가 나설 차례겠군요."

크리스티나는 그의 의도를 즉시 이해했다.

지크프리트는 머리에 물음표를 띄운 미란다에게 설명했다.

"검으로 관절을 공격. 그 수밖에 없겠지……."

"저, 저희가……."

외피가 매우 단단하지만, 관절까지 그렇게 단단하면 돌진이 가능할 리 없었다.

가동부위인 목도 마찬가지이리라.

그렇다면 그 목에 직접 검을 찔러 넣을 수밖에 없었다.

"뭐, 돌진은 내가 막아 볼게. 그 틈에 목을 노려서 처리해."

"막겠다니…… 그런 게 정말 가능하겠습니까?"

"응, 신의 사냥에 따라갔던 적이 있어서 다행이야."

"신이 썼던 방법인가요. ……그럼 문제없겠군요."

"어? 그렇게 쉽게 납득하시는 건가요?"

지크프리트가 신의 사냥 방식을 보고 코뿔소의 돌진을 막을 방법이 떠올랐다고 하자, 크리스티나는 별말 없이 납득했다.

신의 힘을 직접 본 적이 있는 미란다도 그 반응에는 놀랄 수밖에 없었다.

"좋았어! 자, 이리로 와!"

그런 미란다를 무시하고 전장으로 돌아온 지크프리트는 다시 한 지점에서 멈춘 후 마물 코뿔소에게 마법을 날려서 돌진을 유도했다.

그리고 이번에는 피하지 않고 마법을 하나 더 발동했다.

그러자 마물 코뿔소의 눈앞에 거대한 토벽이 출현했다.

"그, 그런 벽으로 막을 수 있을 리가……!"

미란다가 비통한 비명을 질렀지만, 지크프리트는 움직이지 않았다.

그대로 그가 코뿔소의 발에 짓밟히는 광경을 상상했지만,

크리스타나는 그 마법을 보고 뭔가를 눈치챈 모양이었다.

"옳거니. 그런 거였군요."

"예? 그게 무슨 말씀이세요?"

"보면 알 겁니다. 그보다…… 전원! 이제 곧 마물 코뿔소가 멈출 겁니다! 공격 준비!"

크리스타나는 지크프리트를 믿고 주위에 호령했다.

미란다는 존경하는 여기사인 그녀의 말을 의심하는 건 아니었지만, 완전히 믿지는 못했다.

―음머어어어어어어!

그리고 마물 코뿔소가 토벽을 간단히 파괴했다.

"아앗!"

역시 무리였다.

그렇게 생각한 미란다가 비통한 비명을 질렀지만, 그 후에 벌어진 광경을 보고 눈을 크게 뜰 수밖에 없었다.

애초에 저 토벽의 재료는 무엇이었을까.

아무것도 없는 곳에서 갑자기 토벽이 생길 리 없었던 것이다.

"구…… 구멍이……."

토벽으로 시야를 차단한 너머에는 구멍이 있었다.

그 구멍에 다리가 빠진 코뿔소가 성대하게 넘어졌다.

"우왓! 퉤! 좋았어! 가라!"

"갑니다! 절 따라오세요!"

""""우오오오오오오!""""

코뿔소가 쓰러질 때 피어오른 흙먼지 속에서 지크프리트가 외친 순간, 크리스티나가 기사들에게 명령하며 돌진했다.

그야말로 절묘한 호흡이었다.

"지크프리트 님!"

"너무 무모하세요!"

마물 코뿔소의 진격을 막기는 했지만, 조금이라도 실수했다면 쥐포가 될 뻔했다.

방금도 코뿔소가 쓰러질 때 하마터면 몸에 깔릴 뻔했다.

그 광경을 본 세실리아와 실비아가 지크프리트에게 달려갔다.

성격이 워낙 경박해서 이성으로서는 그리 취향이 아니었지만, 마법사로서는 존경할 만한 선배였다.

걱정이 돼서 달려온 것이리라.

"퉤퉤! 우웩! 입안이 모래투성이야……."

"정말이지! 그런 무모한 짓을 하시니까!"

"이걸로 입을 헹궈주세요."

세실리아는 결과적으로는 성공했지만 리스크가 컸던 작전에 잔소리를 했고, 실비아는 성대하게 모래를 삼킨 지크프리트를 위해 마법으로 물을 생성해주었다.

"땡큐, 실비아. 세실리아는 화 좀 그만 내고."

"나 참…… 아무튼 용케도 이런 발상을 떠올리셨네요."

세실리아는 잔소리를 하면서도 지크프리트의 성과에 찬사를 보냈다.

　하지만 지크프리트는 뺨을 긁적거리며 대답했다.

　"아니, 뭐. 나도 따라한 것뿐인데 말이지."

　"그런가요? 그럼 누가……."

　"신이지."

　"'신 군이요?!'"

　예상치 못했던 타이밍에 매제의 이름이 언급되자 세실리아와 실비아가 놀란 표정을 지었다.

　"분명 너희는 시실리의 언니였지? 신에 대해 뭐 좀 들은 거 없어?"

　"아뇨……. 리텐하임 리조트에 가는 도중에 마법을 쓰는 건 본 적이 있지만……."

　"그 후에는 시실리랑 꽁냥대기만 하던데요."

　"그 녀석들은 시도 때도 안 가리고 꽁냥댔던 거냐……. 뭐, 아무튼 전에 그 녀석의 사냥에 따라갔을 때 우연히 거대한 멧돼지와 마주친 적이 있었는데."

　"지크프리트 님이 사냥을……."

　"안 어울리시네요."

　"난 그냥 신의 사냥에 따라갔던 것뿐이니까 말이지. 그래서 그 멧돼지가 달려들어서 내가 처리하려고 했더니 신이 갑자기 토벽을 만들더라고."

"아, 그게 이거였군요."

"맞아. 구멍에 빠진 멧돼지를 잡는 건 참 쉬웠는데 말이지……."

"……이쪽은 딱히 그렇지도 않은 모양이네요."

세 마법사는 구멍에 빠져서 허우적대는 코뿔소에게 시선을 돌렸다.

쓰러진 마물 코뿔소를 향해 제트 부츠를 이용해서 날아드는 기사들.

그중에는 미란다의 모습도 있었다.

"이게!"

온힘을 담은 찌르기를 날렸지만, 다른 부위에 비해 피부가 얇은 목이라고는 해도 쉽게 뚫리지는 않았다.

"윽! 다, 단단해!"

"비켜 봐, 아가씨. 하아아아압!"

전혀 피해를 주지 못한 미란다 옆에서 근육이 우락부락한 기사가 검을 내질렀지만…….

"제길! 뭐 이리 단단해!"

"이대로 가면 곧 일어나겠어요! 어서 숨통을!"

쓰러진 마물 코뿔소는 수많은 기사들에게 에워싸인 채 날뛰고 있었다.

하지만 미란다의 말대로 당장에라도 곧 일어날 것만 같았다.

어떻게든 막으려고 견제했지만, 워낙 반응이 거세서 검을 휘두르는 게 고작이었다.

이런 코뿔소의 움직임은 몸 위에 올라탄 기사들에게도 영향을 주었다.

발밑이 심하게 흔들리다 보니 목에 검을 찌르기는커녕 균형을 잡기도 어려웠다.

타개책을 고안하던 미란다는 때마침 어떤 방법을 떠올렸다.

"여러분, 떨어져 주세요!"

"뭐? 그게 무슨……."

미란다의 말에 반응한 기사가 본 광경은 제트 부츠를 써서 하늘 높이 상승한 상태로 이쪽을 향해 검을 내밀고 하강하는 그녀의 모습이었다.

"으아아앗?! 무모한 짓 하지 마!"

"간다아아앗!"

미란다는 검 위에 올라타는 듯한 자세로 마물 코뿔소의 목덜미에 검을 찔러 넣었다.

그러자 여태까지 생채기밖에 나지 않았던 마물의 목에 검 끝이 파고들었다.

"오오! 성공했잖아, 아가씨!"

"그래도 전혀 닿지 않았어요…… 큭! 검이!"

공격이 통한 건 좋았지만, 검이 빠지지 않았다.

미란다는 필사적으로 검을 빼려고 하다가 어떤 사실을 깨

달았다.

"아, 빼면 되겠네."

마물 코뿔소의 목덜미에 박힌 익스체인지 소드에서 검신만 분리했다.

그리고 아직 박혀 있는 검신을 보고 뭔가 좋은 생각을 떠올린 건지 칼자루와 연결되는 부분에 발을 올렸다.

"아가씨, 대체 뭘 하려고……."

"하앗!"

미란다는 제트 부츠의 분사력을 풀 파워로 전개했다.

그러자 발밑에 있던 검신이 마물의 목에 뿌리까지 파고들었다.

—음머어어어어어!

동물의 급소인 목에 쇳덩이가 깊게 틀어박히자 마물 코뿔소가 괴로워하기 시작했다.

검의 크기가 마물의 체격에 비해 한참 작다 보니 치명상은 되지 않았다.

하지만 돌파구는 보였다.

"이건 효과가 있군! 우리도 해보자!"

그 광경을 지켜보던 기사들도 위로 상승하더니 하강하는 동시에 검을 찔러 넣었다.

"으앗! 위험하잖아! 스쳤어!"

"미안! 아직 조정이……."

먼저 착지한 기사 근처에 다른 기사가 내려오는 돌발사고도 있었지만, 조금 전까지 전혀 공격이 통하지 않았던 코뿔소의 목덜미에 차례차례 검이 파고들었다.

그리고 기사들이 검신을 교환하는 사이에 먼저 작업을 마친 미란다가 다시 위에서 하강했다.

"간다아아앗!"

목덜미에 검신을 찔러 넣고 칼자루와 분리한 후, 다시 제트 부츠를 써서 목 안쪽까지 쑤셔 박았다.

그러자 이미 몇 자루나 되는 검신이 목에 박혀서 숨을 헐떡이던 마물 코뿔소는 몸을 한차례 크게 떨더니 그대로 침묵했다.

"어떻게 됐어?!"

얌전해진 마물 위에 있는 기사가 밑에 있는 자에게 물었다.

"재해급 침묵! 토벌을 확인했습니다!"

마물의 생사를 확인한 기사가 큰 소리로 결과를 알렸다.

"""우오오오오오!"""

그러자 자신들의 손으로 재해급 토벌에 성공한 병사들은 흥분해서 환호성을 질렀다.

"뭘 기뻐하는 거냐! 마물은 아직도 남아 있거늘!"

"""예!"""

도미니크가 일갈하자, 사기가 오른 병사들은 그대로 기세를 유지한 채 다시 마물들을 향해 이동하기 시작했다.

그리고 도미니크는 남은 마물을 토벌하러 가려는 기사 중 한 명에게 말을 걸었다.

"자네는 가지 않아도 돼. 잠시 쉬도록."

"가, 가스톨 국장님?! 하, 하지만……."

비틀거리며 걸어가는 미란다를 불러 세웠다.

알스하이드군의 톱이 갑자기 말을 거는 바람에 미란다는 크게 놀랐다.

일개 기사학원생인 그녀에게 도미니크는 그야말로 구름 위의 존재였기 때문이다.

그런 그의 명령을 따르지 않을 수는 없었지만, 다른 사람들은 마물을 토벌하는데 자신만 쉬는 건 왠지 내키지 않았다.

그래서 자기도 모르게 반박하는 말이 튀어나올 뻔한 것이다.

"됐으니까 쉬게. 아직 학생이지? 재해급 마물과 싸우느라 기진맥진한 것 같군."

미란다가 재해급을 본 것은 오늘이 두 번째였다.

하지만 신이 혼자서 압도해버린 합동훈련 때와 달리 이번에는 자신도 토벌에 참가했다.

체력적인 면으로는 기사단의 기사에 비해 약간 부족한 정도지만, 학생 신분으로 목숨을 건 사투를 벌이느라 몸이 아니라 정신적인 피로가 크게 쌓인 것이리라.

"그건 그렇고 잘 싸워주었네. 훌륭해."

"가, 감사합니다!"

군무국장의 격려에 미란다는 절로 고개를 숙이며 대답했다.

도미니크는 이런 착실해 보이는 소녀가 어떻게 해서 그런 기상천외한 방법을 떠올린 건지 궁금해졌다.

"상공에서의 하강이라……. 용케도 그런 방법을 떠올렸군."

"그, 그게, 마리아가……."

"마리아?"

긴장한 미란다의 입에서 갑자기 튀어나온 고유명사에 도미니크가 고개를 갸웃거리자 크리스티나가 옆에서 거들었다.

"국장님. 그녀는 얼티밋 매지션즈의 마리아 폰 메시나 양의 친구입니다."

"뭐라고?! 그런가!"

그리고 미란다가 이어서 설명했다.

"그게…… 제트 부츠를 산 뒤에 연습을 겸해서 마리아와 마물 사냥 아르바이트를 했었습니다. 용돈만으로는 부족해서 걔한테 돈을 빌리느라……."

아직 월급을 받지 못하는 학생 신분이라 수입은 전적으로 부모의 용돈에 의지할 수밖에 없었다.

하지만 익스체인지 소드와 제트 부츠 같은 마도구를 살 수 있을 만큼은 아니었다.

그러다 보니 여름방학 중에 마물을 잔뜩 사냥하느라 지갑이 제법 두둑했던 마리아에게 돈을 빌리게 되었다.

그래서 그 돈을 갚는 김에 새로운 장비에도 익숙해지려고 마물 사냥 아르바이트를 시작했던 것이다.

그 이야기를 들은 도미니크는 살짝 인상을 찡그렸다.

"하지만 위험하지 않나. 학생끼리 마물 사냥 아르바이트라니……."

"마리아가 있었으니까요. 걔는…… 요즘 재해급만 상대하느라 질린다고 투덜댔을 정도라……."

"……재해급을 질릴 정도로 사냥했다는 건가."

도미니크의 말은 지당했지만, 동행한 친구가 재해급조차 심심풀이로 해치울 수 있는 실력자이다 보니 걱정할 건 아무것도 없었다.

"당시에 마리아가 『점프 찌르기』라고 하면서 썼던 기술이에요. 윌포드 군이 쓰는 걸 봤다면서…… 마지막에 제트 부츠로 찔러 넣는 건 제가 방금 떠올린 방식이지만요."

"그 기술의 원조는 윌포드 군이었나……. 그런데 왜지? 그 이야기를 들으니 납득이 가는군."

"국장님, 걱정하지 마십시오. 저도 마찬가지입니다."

미란다가 마물 사냥 알바 중에 마리아가 쓰는 걸 보고 따라한 기술의 원조가 신이었다는 사실에 도미니크와 크리스티나는 자기도 모르게 납득하고 말았다.

"나도 납득했어. 그건 그렇고 내가 쓴 구멍도 원조는 신이었는데 말이지. 그 녀석은 머릿속이 대체 어떻게 돼먹은 걸까?"

지크프리트의 말에 따르면 마물 코뿔소의 돌진을 막은 구멍도 신의 사냥 방식을 보고 흉내 낸 것이었다고 한다.

대체 그의 머릿속에는 얼마나 많은 계책이 숨어있는 것일까.

미란다는 다시 한 번 신의 굉장함을 실감했다.

"아무튼 그 전법은 아주 효과적이더군. 정말 잘했네. 뒷일은 다른 기사들에게 맡기고 지금은 편히 쉬도록."

그렇게 말한 도미니크는 현장 지휘로 복귀했다.

"가, 감사합니다."

미란다는 군의 톱이 떠나서 긴장이 풀리자 몸을 비틀거렸다.

"이런, 괜찮아?"

그러자 지크프리트가 어깨를 붙잡아주었다.

"아, 아, 예! 괜찮슙이아!"

"혀가 잘 안 돌아가나 보네. ……좋아, 내가 본진까지 데려다줄게."

"흐, 흐에?!"

동경하던 사람에게 안기는 바람에 당황한 미란다는 성대하게 혀를 깨물고 말았다.

하지만 그게 지쳐서 말도 제대로 안 나오는 거라고 판단한 지크프리트는 그녀의 몸을 옆으로 안아들었다.

전장에서의 공주님안기였다.

"지크프리트 님! 저, 저기요!"

"공을 세웠으니 이 정도쯤은 해줘야겠지."

"냐으으으으!"

수많은 사람이 보는 앞에서 공주님안기를 당하게 된 미란다가 민망함에 몸부림쳤지만, 지크프리트는 내려주지 않았다.

"지크, 농땡이 피우려는 건가요?"

"시꺼! 너야말로 학생을 전부 나한테 떠맡겨 놓고선! 너도 일 좀 해!"

"음…… 어쩔 수 없군요."

"아앗, 크리스티나 님!"

크리스티나라면 지크프리트의 행동을 막아줄 거라고 믿었던 미란다가 비명을 질렀다.

"잘 들으세요, 미란다. 당신은, 본인이 체감하는 이상으로 지친 겁니다. 재해급의 토벌로 기분이 고양돼서 전장에 복귀하고 싶은 그 기분은 이해합니다만, 오늘은 그만 쉬세요. 지크, 부탁합니다."

전장에 복귀하고 싶어서 자신을 불러 세운 거라고 착각한 크리스티나가 다정한 목소리로 설득했다.

심지어 이대로 지크프리트에게 안긴 채 본진으로 돌아가라는 듯한 뉘앙스로 말하는 게 아닌가.

'모두가 보는 앞에서 이대로 계속 공주님안기를 당하라는 거야?!'

그런 부끄러운 일은 무슨 일이 있어도 사양하고 싶었다.

하지만 자신을 걱정해주는 지크프리트에게 그런 말은 할

수 없었다.

그래도 부끄러웠다.

그런 갈등을 되풀이하는 사이에 결국 본진까지 돌아오고 말았다.

동경하던 사람이 공주님안기를 해줬으니 기쁘지 않을 리는 없었지만, 적어도 때와 장소를 가려줬으면 했다.

도중에 다양한 사람이 잘했다며 찬사를 보냈지만, 속으로는 제발 신경 좀 끊어달라는 생각밖에 떠오르지 않았다.

"그럼 미란다. 제대로 쉬고 있어라?"

"으아, 아으……."

본진 구호소에 도착했을 즈음에는 완전히 머리가 달아올라서 제대로 대답도 할 수 없었다.

하지만 시간이 지나면서 서서히 냉정함을 되찾자 문득 한 가지 의문이 떠올랐다.

마리아에게 빚을 갚으려고 시작한 마물 사냥 알바였지만, 빚을 다 갚은 후에도 훈련과 용돈벌이 겸 계속했었다.

하지만 그동안 재해급은 단 한 번도 나오지 않았다.

그랬던 것이 마인령에 진입하자마자 여태까지 마물이 되지 않는다고 알려졌던 동물이 재해급 마물이 돼서 나타났다.

이것이 과연 우연일까?

얌전히 쉬라는 당부를 들어서 몸을 움직일 수는 없었다.

몸을 움직여서 불현듯 떠오른 걱정을 떨쳐낼 수 없는 미란다는 뭐라 형언할 수 없는 불안감에 사로잡혔다.

◆

알스하이드군과 마찬가지로 마인령으로 침공한 각 주변국군.

여기에 엘스와 이스를 더한 연합국군은 알스하이드군 정도는 아니지만, 1만에 가까운 병력을 갖출 수 있었다.

그리고 이 연합군에는 얼티밋 매지션즈의 멤버들이 파견되었다.

스이드와 크루트의 병사들처럼 직접 그들의 전투를 볼 기회가 있었던 자들은 절대적인 신뢰를.

직접 본 적은 없어도 면식 있는 국가 양양가(養羊家)들에게 이야기를 들은 카난에서는 국내 최강이라 일컬어지는 국가 양양가도 전적인 찬사를 보낸 덕분에 얼티밋 매지션즈의 힘에 큰 기대감을 품었다.

하지만 엘스와 이스의 인간들에게는 그 전력이 아직 미지수였기에, 그들은 과연 어디까지 믿어도 될지 갈피를 잡지 못하고 있었다.

"저기, 잠시 시간 좀 내주실 수 있겠습니까?"

"예? 무슨 용건이시죠?"

크루트 방면 연합군이 마인령에 침공하고 얼마 후, 엘스의 병사가 근처에 있는 이스의 병사에게 말을 걸었다.

"당신은 이스의 병사죠? 혹시 얼티밋 매지션즈가 싸우는 모습을 본 적은 있습니까?"

"아뇨, 아쉽게도. ……그러는 그쪽은?"

"저희 쪽은 외교관이 봤다고 합니다만, 아무래도 문관이다 보니…… 그냥 굉장하다고만 하지, 구체적으로 뭐가 굉장한지는 잘 모르겠더군요."

"그런가요. ……뭐, 교황 예하께서 그렇게까지 말씀하실 정도니 틀림없이 강하긴 할 것 같습니다만."

"……그게 어느 정도인지가 문제겠네요."

"너무 걱정하실 필요는 없습니다."

그러자 크루트의 병사가 대화에 끼어들었다.

그 말투에서 아마 전투를 본 경험이 있으리라 짐작한 엘스 병사는 정보를 얻기위해 물었다.

"저기, 당신은 그 애들이 싸우는 걸 본 적 있으신가 봅니다?"

"예, 이 눈으로 직접."

"그럼 그들은 구체적으로 어느 정도의 실력자인 겁니까?"

이스 병사도 신경이 쓰인 것이리라.

하지만 질문을 받은 크루트 병사는 잠시 고민에 잠겼다.

"어느 정도라…… 으음~."

"그, 그렇게 미묘한 겁니까?"

그러자 엘스와 이스의 병사가 불안한 기색을 드러내기 시작했다.

"아뇨, 결코 그런 건 아니지만…… 뭐랄까, 엘스 외교관분의 심경이 이해가 된달지."

"저희 외교관의 심경이요?"

"예. 그저 굉장하다고밖에 표현할 길이 없다고 할까……."

현역 병사의 감상도 비슷한 모양이었다.

엘스와 이스의 병사는 고개를 갸웃거릴 수밖에 없었다.

"재해급 마물보다 강한 마인을 단숨에 해치우는 광경을 표현할 만한 적절한 단어가 떠오르지 않는군요. 그저 굉장하다고밖에는……."

"마, 마인을 단숨에?!"

"그, 그럼…… 재해급 정도는……."

"아마 상대도 안 될걸요?"

"세상에……."

"그게 사실입니까?"

엘스와 이스의 병사는 크루트 병사의 말을 믿지 못했다.

"하, 하지만 저희 쪽에 파견된 건 왕자님이지 않습니까. 아무래도 그 정도는 아니지 않을까요?"

"그럴 리가요."

"예?"

크루트 방면 연합군에 파견된 건 아우구스트, 토르, 율리우스.

즉, 알스하이드 왕국의 왕자와 그의 측근들이었다.

크루트 병사는 아무리 그래도 일국의 왕자가 그 정도로 강할 리 없을 거라는 말을 부정했다.

"아우구스트 전하께선 얼티밋 매지션즈에서, 마왕 신 월포드 군 다음가는 실력자이십니다만?"

"뭐, 뭐라굽쇼?!"

"저, 전하께서요?!"

설마했던 대답에 두 병사는 놀라움을 감추지 못했다.

그야 무리도 아니리라.

설마 왕족이 세계 최강 군단의 넘버 2라는 것을 대체 누가 예상이나 했을까.

"뭐, 전투가 시작되면 싫어도 보시게 될 겁니다. 그때 스스로 판단하시는 편이 낫겠군요."

결국 크루트 병사는 아우구스트 일행의 강함을 말로 설명하는 건 어렵다고 판단한 건지 그 말을 끝으로 두 사람과 거리를 벌렸다.

"……구체적인 이야기는 하나도 못 들었네요."

"그러게 말입니다……."

알고 싶었던 정보를 듣기는커녕 도무지 믿기 어려운 이야기만 듣게 된 두 병사는 답답한 기분으로 행군을 계속했다.

하지만 마인령에서 그런 평화로운 시간이 계속될 리 없었고, 이윽고 마물 집단이 모습을 드러냈다.

담 방면 연합군, 알스하이드군과 마찬가지로 크루트 방면 연합군 쪽에서도 곧 혼전이 벌어졌다.

그리고 마물과 인간이 많이 모인 장소일수록 출현 빈도가 높은 건지 이 전장에서도……

"호, 호호호. 호랑이입니다! 호랑이가 출현했습니다!"

재해급의 대명사나 다름없는 마물 호랑이가 모습을 드러냈다.

"와! 저게 재해급인가? 보는 건 처음이야!"

"저, 저게 재해급…… 저토록 불길할 수가……."

조금 전까지 대화를 나눴던 두 병사는 난생 처음 목격한 재해급 앞에서 무심코 몸이 움츠러들었다.

중형이나 대형 마물과는 비교도 되지 않을 정도로 불길한 마력.

마인령과 국경을 접하지 않은 엘스와 이스에서는 몹시 보기 드문 존재였지만, 마인령에 진입한 지 얼마 안 돼서 벌써 모습을 드러낸 것이다.

"동물 호랑이도 직접 보면 굉장한 박력인데 마물이 되고 나니 진짜 장난이 아니네요……."

"저런 걸…… 정말 해치울 수 있는 겁니까?"

두 병사는 몸의 떨림이 멎지 않았다.

애초에 토벌이 정말 가능하냐는 의문이 자연스럽게 떠오를 정도로 절망적인 힘의 차이가 느껴졌다.

"뭐야. 또 호랑이잖아? 가끔은 다른 개체가 나와도 좋으

련만."

"말씀 좀 자제하세요, 전하. 마물 호랑이도 일반 병사의 입장에서는 충분히 절망을 느낄 만한 상대이지 않습니까."

"토르도 아무렇지 않게 심한 소리를 하는구려."

그러자 공포와 긴장감이 지배하는 공간에 마치 산책이라도 나온 듯한 분위기의 세 사람이 등장했다.

알스하이드 왕국 왕태자 아우구스트와 그의 호위라는 명목의 친구인 토르와 율리우스였다.

엘스와 이스의 병사들이 넋을 잃은 가운데, 세 사람은 계속해서 긴박한 상황과 전혀 어울리지 않는 대화를 나누었다.

"이대로면 신 녀석에게 『호랑이 전문 왕자』라고 불리게 될지도 모르겠어."

"전하께선 요즘 계속 호랑이하고만 마주치셨으니 말입니다."

"실제로 『호랑이 전문 왕자』라 그런 게 아니겠소이까."

도저히 대국의 왕태자와 호위들이 나눌 만한 대화가 아니었다.

하물며 거구의 남자는 왕자를 놀리기까지 했고, 작은 체구의 남자도 그 말을 듣고 웃음을 터트리는 게 아닌가.

"이, 이런 상황에서 대체 뭘 웃고 계시는 겁니까!"

"마, 맞습니다! 재해급이라고요!"

그 너무나도 조심성 없는 태도에 엘스와 이스의 병사가 무심코 항의했다.

물론 곧 자신들이 한 발언을 자각하고 새파랗게 질렸지만, 아우구스트는 전혀 개의치 않고 고개를 갸웃거렸다.

"음? 뭘 그리 겁을 먹고 있는 거지? 기껏해야 호랑이잖아?"

"기! 기껏이라니……!"

절망밖에 느껴지지 않는 무시무시한 마물을 마치 하룻강아지처럼 대하는 아우구스트의 태도에 엘스 병사는 다시 무심코 항의했다.

비장감 넘치는 엘스와 이스의 병사들과 어디까지나 느긋한 아우구스트 일행의 온도차가 굉장했다.

"전하. 죄송하지만, 부탁드려도 되겠습니까?"

그런 가운데, 크루트 병사는 마치 당연한 것처럼 아우구스트에게 마물 토벌을 의뢰했다.

"알았다. 너희는 물러나 있어. 거기 있다 말려들어도 몰라."

하지만 아우구스트도 자연스럽게 그 의뢰를 받아들였다.

엘스와 이스 병사들에게는 도무지 믿을 수 없는 광경이었다.

"잠깐만요! 왜 아무렇지도 않게 타국의 왕태자를 사지로 몰아넣는 겁니까!"

"그 말이 맞습니다! 대국 알스하이드의 왕태자잖아요?! 차기 국왕 폐하라고요?!"

"음? 이분들이라면 문제없을 겁니다만?"

엘스와 이스 병사들이 몹시 당황해서 따졌지만, 크루트 병사는 그저 어리둥절해할 뿐이었다.

이쪽도 온도차가 굉장했다.

병사들이 그런 대화를 나누는 사이에도 아우구스트는 마력을 제어해서 막대한 힘을 모았다.

"자, 물러나도록."

""예?""

난리법석을 피우던 병사들이 아우구스트의 목소리를 듣고 시선을 그쪽으로 돌린 순간, 거의 시야 전체를 메우는 거대한 벼락이 떨어졌다.

"끄아아아아악!"

"눈이! 눈이이!"

병사들은 신이 들으면 무척 기뻐했을 법한 대사를 날리며 눈을 가렸다.

거대한 낙뢰를 정면에서 본 영향으로 시각이 일시적으로 마비된 것이다.

"전하! 낙뢰 마법을 쓰실 거면 미리 말씀 좀 해주세요! 몇 사람이나 몸부림치고 있지 않습니까!"

"응? 말한 적 없나?"

"말씀하지 않으셨습니다!"

토르의 불평은 지극히 정당했다.

근처에서 낙뢰를 본 일부가 눈을 가린 채 고통스러워했기 때문이다.

보통은 그 사이에 마물의 습격을 받았겠지만, 이번만큼은

예외였다.

그 이유는······.

"으으······ 이제야 눈이 좀 보이네····· 앗! 뭐야 이게?!"

"대, 대, 대체 뭡니까! 이건!"

이윽고 시각이 회복된 병사들이 본 것은 일격에 새카맣게 탄 마물 호랑이와, 마찬가지로 낙뢰를 맞고 타죽은 대량의 마물이었다.

"흠. 소재는······ 전부 글렀나."

"신 님이 없어서 다행이네요. 있었으면 틀림없이 놀리셨을 겁니다."

"새카맣게 타버렸구려."

재해급 마물을 일격에 해치웠는데도 아우구스트 일행은 기뻐하기는커녕 소재를 날린 것을 아쉬워했다.

그들의 힘을 본 적 있는 크루트의 병사들도 그 압도적인 위력에 한순간 시선을 빼앗겼지만, 곧 거대한 환호성을 질렀다.

한편 아우구스트의······ 아니, 얼티밋 매지션즈의 마법을 처음 본 엘스와 이스의 병사들은 아직도 눈앞에서 일어난 현실을 받아들이지 못한 채 넋을 잃고 있었다.

"뭐야, 이게······."

"이, 이게 바로 얼티밋 매지션즈······."

아직 전투가 끝나지 않았는데도 정신을 못 차리자 누군가가 그런 그들을 질타했다.

"넋 놓지 말고 정신 차려! 아직 마물이 남아있다고!"

다름 아닌 이 상황을 초래한 장본인인 아우구스트였다.

그러자 겨우 정신을 차린 병사들 중 누군가의 입에서 불현듯 이런 말이 흘러나왔다.

"뇌신(雷神)……."

아우구스트는 그 순간 식은땀을 흘렸다.

이건 좋지 않은 징조다.

그 발언을 한 자를 찾아서 막으려고 한 순간.

"대단해! 그야말로 뇌신의 일격!"

"뇌신!"

"뇌신!"

"그! 그만해! 그만하지 못할까!"

결국 눈 깜짝할 사이에 퍼진 사태를 수습하지 못한 채『뇌신』이라는 호칭이 정착되고 말았다.

"이건 오늘 밤 보고가 기대되네요."

"동감이외다."

"말하지 마! 절대로!"

아우구스트가 보기 드물게 당황했지만, 토르와 율리우스는 반드시 언급해달라는 완곡한 표현으로 받아들이기로 했다.

◆

한편, 장소를 바꾸어서 앨리스와 린과 유리가 파견된 스이드 방면 연합군.

마인의 습격 때문에 트라우마가 생긴 자도 결코 적지 않은 이 나라에 그녀들이 파견된 이유는 타고난 밝은 성격으로 군 전체에 만연한 어두운 분위기를 씻어내 주길 바랐기 때문이다.

"그래서~ 신 군이 새로운 마법을 시도했더니~."

"주변 일대가 평지로 변했어."

"그건 진짜 너무했지 뭐야~."

세 사람은 마차가 아니라 직접 말을 몰면서 주위에 있는 병사들과 대화를 나누는 중이었다.

손짓발짓을 더해가며 신의 에피소드를 소개하는 앨리스와 냉정하게 보충 설명을 하는 린.

그리고 당시의 기억을 떠올린 건지 권태로운 한숨을 내쉬는 유리.

앨리스와 린의 대화는 흐뭇한 눈으로 바라보고, 도저히 열다섯 살로는 보이지 않는 유리의 요염함에 절로 가슴을 두근거리는 스이드 병사들은 어느새 트라우마가 꽤 완화된 분위기였다.

하지만 이곳은 마인령.

머지않아 그들도 마물의 습격을 받게 되었다.

마인령내의 마물을 최대한 토벌하는 것도 작전의 일부이므로 발견하는 즉시 모조리 해치웠다.

그런 스이드군 쪽에는 재해급 마물이 출현하지 않았다.

그러면 당연히 앨리스 일행이 나설 기회도 없었다.

"으~! 할 게 없어!"

"중형이든 대형이든 상관없으니 마법을 쓰고 싶어."

"저기…… 내가 물어보고 올게~."

앨리스와 린의 대화를 들은 유리가 근처에 있는 병사에게 자신들도 토벌에 참가해도 되냐고 물어보았다.

그러자 병사는 자신에게는 권한이 없다며 지휘관에서 허락을 받으러 다녀왔다.

"그럼…… 아직 갈 길이 머니 부탁 좀 드려도 되겠습니까?"

"나이스! 가자! 린!"

"먼저 갈게."

"아앗! 치사해! 기다려!"

"노는 게 아니니까 조심…… 아아~ 벌써 가버렸네~."

재해급이 출현하지는 않았지만, 토벌 참가가 허가된 앨리스와 린은 유리의 당부를 듣지도 않고 글자 그대로 전장을 향해 날아갔다.

어제오늘 나설 기회가 없어서 울분이 쌓였던 것이리라.

두 사람의 얼굴에는 의욕이 넘쳤다.

"으럇!"

"에잇."

제트 부츠를 써서 상공으로 날아오른 앨리스와 린은 그대로 폭발 마법으로 마물을 날려버려서 착지할 공간을 확보했다.

그리고 적지 한복판에 착지한 후 서로 등을 맞댄 채 무쌍의 활약을 펼쳤다.

"하아아아아아앗!"

앨리스가 눈앞을 가득 메운 마물들에게 불꽃 탄환을 대량으로 발사했고.

"에잇."

린이 물에 소량의 흙을 섞은 복합 마법인 워터 커터를 휘둘러서 마물들을 쓸어버렸다.

불꽃 탄환에 명중한 마물들은 잇따라 폭사했고. 바위조차 간단히 잘라버리는 워터 커터에 휩쓸린 마물은 그대로 두 동강이 났다.

"좋았어어어어! 계속 덤벼!"

"더 와봐."

마법을 대량으로 퍼부어서 마물을 날려버리는 모습이 아주 즐거워 보였다.

"아~아~ 얘들도 참~ 아주 신이 나서는~."

유리는 그 모습을 보고 어이없어했지만, 자신만 구경할 수는 없는 노릇이라 이공간에서 마도구를 꺼내서 겨누었다.

"여러분, 저도 참가할게요~."

그 마도구는 언뜻 평범한 지팡이처럼 보였지만, 여기에는 멜리다가 직접 전수한 부여 마법이 걸려 있었다.

신이 부여에 쓰는 한자(漢字)는 신밖에 쓸 수 없었다.

전생의 지식을 적은 글자 수로 표현하는 한자로 부여하는 거라 유리는 이해하지 못했고 가르쳐줄 수도 없었다.

그래서 이 세상의 마도구 제작 1인자인 멜리다에게 기술을 배운 것이다.

유리는 그 기술을 써서 직접 마도구를 만들고 있었다.

"갑니다~. 영~차!"

마력을 담아서 휘두른 지팡이에서 수많은 바람 칼날이 발생해서 마물들을 유린했다.

"어머~? 좀 남아버렸네."

아무래도 위력은 굉장하지만, 정밀한 컨트롤은 무리였는지 마물이 몇 마리 남고 말았다.

"음~ 아직 개량의 여지가 있나~. 그럼 다음은 이쪽~."

그리고 이번에는 다른 지팡이를 꺼내 들었다.

"에잇~."

긴장감과는 무관한 목소리였지만, 마력이 담긴 지팡이에서 마법이 방출되자 발밑에 있던 흙이 어마어마한 수의 탄환으로 변해서 마물들을 향해 날아갔다.

단숨에 벌집이 된 마물들.

그런 유리 일행의 전투를 잠시 멍하니 지켜보고 있던 연합군의 병사들이 겨우 정신을 차렸다.

　"아가씨들에게 뒤처지지 마라! 우리도 가자!"

　""""오오!""""

　"다만! 말려들지 않게 조심해!"

　""""우오오오오!""""

　"에에~? 좀 너무한 거 아니에요오~?"

　후자의 호령에 대답하는 목소리가 더 큰 것을 유리는 약간 불만스러워했다.

　결국 재해급 마물은 나타나지 않았고, 앨리스와 린도 마법을 실컷 써서 만족한 건지 적진 한복판에서 유리가 있는 곳으로 돌아왔다.

　"다녀왔어~!"

　"다녀왔어."

　"어서 와~. 이젠 만족했어~?"

　"응! 충분히 해치웠어!"

　"남겨두지 않으면 병사분들이 할 일이 없을 테니까."

　그냥 무턱대고 날뛰는 건가 싶더니 의외로 배려심이 있었다.

　이윽고 남은 마물들을 섬멸한 병사들이 본진으로 돌아왔다.

　"이거 참, 덕분에 살았습니다."

　"아뇨, 아뇨. 별말씀을요~."

　스이드의 지휘관이 연합군을 대표해서 유리 일행에게 감

사를 표했다.

"그건 그렇고 전에 봤을 때보다 마법의 위력이 더 강해지신 것 아닙니까?"

"그 뒤로도 훈련을 엄청나게 했는걸요!"

"피도 토했어."

"농담이에요~."

지휘관은 앨리스의 말에 감탄을, 린의 말에 기겁을, 마지막으로 유리의 말에는 안도했다.

그녀들은 안색이 쉴 새 없이 바뀌는 모습을 보고 즐거워했지만, 지휘관은 곧 마음을 가라앉히고 전투 도중에 신경 쓰였던 점을 물어보았다.

"마법은 물론이고 이번에는 마도구도 쓰시더군요. 그건 마왕님이 만드신 겁니까?"

"아뇨~? 제가 만든 건데요~?"

예상치 못한 대답에 지휘관은 자신의 귀를 의심했다.

"예? 당신이요?"

현재 신이 만든 마도구는 전 세계의 화제를 독점하는 중이었다.

통신기와 비데가 달린 변기.

그밖에도 숨겨둔 게 있지 않을까 하는 소문이 돌 정도다.

그런 신이 만들었다고 하면 납득할 정도의 위력을 선보인 마도구를 눈앞에 있는 부드러운 분위기의 소녀가 만들었다고 하니 의아해할 수밖에 없었다.

하지만 이어진 대답에 의문이 풀렸다.

"예~. 멜리다 님께 여러모로 배웠거든요~."

"오! 도사님께!"

"월포드 군의 마도구는 오리지널이라 구조를 이해하는 게 무리라서 따라할 수 없으니 멜리다 님께 직접 배운 거예요~."

"오리지널?"

신이라고 하면 멜리다의 손자이니 그녀에게 직접 마도구 제작 기술을 배운 것으로 알고 있었다.

하지만 유리의 말에 따르면 신의 마도구는 오리지널 기술로 개발된 것이라 한다.

지휘관은 의문을 느낄 수밖에 없었다.

"멜리다 님께선~ 월포드 군에게 정말로 기초적인 것만 가르쳐주셨다나 봐요~. 그 후에는 완전히 자기 방식대로 만든 거라 멜리다 님도 늘 놀라고 계세요~."

그건 그것대로 굉장했지만, 지금 눈앞에 있는 건 유리였다.

그래서 지휘관은 이 자리에 없는 신보다 유리를 띄워주기로 했다.

"그럼 도사님의 마도구 제작 기술은 당신에게 이어진 거겠군요."

"이어졌다기보다~ 그냥 배운 거지만요~."

그게 그 말이라고 생각한 지휘관은 유리를 이렇게 평가했다.

"옳거니. 그럼 당신께서 도사님의 정식 『후계자』라는 뜻이겠군요."

"예에?! 그럴 리가요~."

유리는 스이드의 지휘관에게 『도사의 후계자』라는 말을 듣고 내심 기뻐했다.

하지만 옆에서 그 말을 듣고 있던 앨리스는 불만을 표했다.

"유리만 치사해! 저도 뭔가 붙여달라구요!"

"붙여달라니……."

유리가 『도사의 후계자』라고 불린 게 부러워진 앨리스는 처음으로 그 말을 한 장본인에게 자신의 호칭도 지어달라고 부탁했다.

스이드의 지휘관은 솔직한 감상을 말한 것뿐이지 딱히 호칭을 지어주려는 의도는 전혀 없었다. 그래서 난감해하는 반응을 보일 수밖에 없었다.

지휘관은 여러모로 고심한 끝에 앨리스에게도 솔직한 감상을 말해주기로 했다.

"……섬멸 마법소녀……라든가?"

지휘관이 간신히 쥐어짜 낸 감상은 그야말로 처참했다.

그 말을 들은 앨리스와 유리가 몸을 떨기 시작했다.

유라는 웃음을 참기 위해서였고 앨리스는…….

"그, 그, 그런 호칭은 필요 없거든~!"

"예에?!"

모처럼 고민해서 호칭을 지어준 상대에게 맹렬히 항의했다.

필사적으로 참던 유리는 지휘관의 황당해하는 표정을 보고 결국 웃음을 터트렸다.

"우후후, 아하하하! 아주 딱인데 뭘~."

"딱 아니거든!"

유리에게 배신당한 앨리스가 다시 분통을 터트렸다.

"난 폭주 마법소녀면 됐어."

한편, 린은 이번 소동에는 관여하지 않겠다는 듯 그 한마디만 남기고 일행을 지켜보았다.

이렇듯 스이드 방면 연합군의 진군은 순조로워 보였다.

◆

토니, 마크, 올리비아가 파견된 카난 방면 연합군에는 다른 부대와 약간 차이점이 있었다.

이곳에는 가란을 비롯한 양치기들이 있었던 것이다.

아직 젊은 토니 일행도 군대 안에서는 약간 이질적으로 보였지만, 양치기들에 비할 바는 아니었다.

저마다 로브를 입고 있으니 지팡이를 들거나 체격이 좀 더 작았으면 마법사로 보였을지도 모르지만, 아무튼 전원이 기사와 병사보다 덩치가 컸다.

그런 근육이 우락부락한 남자들이 로브를 입고 거대한 핼

버드를 든 모습에서는 위화감밖에 느껴지지 않았다.

엘스와 이스의 병사는 그렇다 쳐도 같은 나라 사람인 카난의 병사들조차 어떻게 대해야 좋을지 모르는 분위기였다.

"음~ 저 사람들에게 시선을 전부 빼앗겨버렸네."

"임팩트가 어마어마하니까요."

"전 주목받지 않아서 좋네요."

토니가 약간 아쉬워했지만, 일반인을 자칭하는 올리비아는 안도의 한숨을 내쉬었다.

병사들의 시선이 양치기들에게 몰린 가운데, 마크는 토니에게 이번에는 어떤 스타일로 싸울 건지 물어보았다.

"그러고 보니 토니 씨. 이번에는 검과 마법 중 어느 쪽을 메인으로 쓰실 겁까?"

"음~ 검이려나? 넌?"

"전 마법 메인임다."

"그래?"

"검도 병용하고 싶지만, 토니 씨에게 방해가 될 것 같으니 좀 더 검술 훈련을 쌓은 다음에 할 검다."

"후후, 올리비아를 지켜줘야 하니까?"

"아뇨. 전이라면 그랬을지도 모르지만, 지금은……."

"뭐. 난 평범한 식당 딸내미거든? 지켜달라구."

"수다 떨면서 마물을 섬멸하는 여자가 평범할 리 없잖아!"

마크는 올리비아가 상대일 때만 말투가 평범해졌다.

그런 커플의 화기애애한 모습에 토니가 부러워하는 목소리로 말했다.

"좋겠다. 너희는 늘 같이 있을 수 있어서."

"그, 그런 거 아닙다!"

"잠깐! 그게 무슨 뜻이야!"

마크가 무심코 반박하자 올리비아가 불만을 표했다.

토니는 그런 두 사람의 모습을 보고 즐겁게 웃었다.

"이건 그거겠네. 결혼하면 집안에서 마법이 빗발치는 가정을 이룰 것 같아."

"그런 리얼한 광경이 떠오르는 말은 좀 참아주시지 말임다……."

"안 그럴 거거든요?!"

"후후후."

마크와 올리비아는 지극히 평범한 커플이다.

아우구스트와 엘리자베트는 최근에 거리가 많이 가까워졌지만, 아무래도 신분이 신분이니만큼 역시 아직 엘리자베트가 한걸음 양보하는 인상이다.

신과 시실리의 경우는 서로에게 완전히 홀딱 반한 상태라 늘 꽁냥대는 모습밖에 본 적이 없었다.

그런 두 사람이 크게 싸우는 모습은 도저히 상상할 수 없었고, 전자 쪽은 엘리자베트가 마법을 쓰지 못했다.

그래서 마크와 올리비아의 경우만 마법으로 부부싸움을

하는 미래를 떠올릴 수 있었다.

그렇게 잠시 토니의 놀림감이 된 두 사람은 화제를 돌리는 겸 반격을 시도했다.

"그리고 보니 플레이드 씨의 여친은 어떤 분인가요?"

"저도 들어본 적 없습다."

얼티밋 매지션즈의 멤버 중 토르와 율리우스는 부모가 정해준 약혼자가 있다는 모양이지만, 그밖의 커플은 전부 연애를 통해 지금의 관계를 형성했다.

참고로 토르와 율리우스도 약혼자들과의 사이는 아주 좋다고 한다.

그런 가운데 토니는 아우구스트가 복잡한 여자관계를 정리하라고 했을 때, 정말로 청산해버린 후 한 명으로 줄였다고 한다.

하지만 마크와 올리비아는 토니의 여친이 어떤 사람인지 들어본 적 없었다.

경박해 보이는 외모처럼 늘 여자들을 데리고 다녔으니 당연히 그중 하나일 줄 알았지만, 돌아온 대답은 두 사람의 예상과 달랐다.

"응. 말해준 적 없으니까. 아니, 그보다 최근에 사귀기 시작했는걸."

"예? 늘 같이 다니던 여자 중 한 명이 아니었습까?"

"전하께서 슬슬 여자관계를 정리하라고 해서 고민해봤는

데. 그래서 큰맘 먹고 늘 차이기만 했던 여자애한테 한 번 사귀어달라고 부탁해봤어."

"차이기만 했던?!"

올리비아가 평소의 토니와는 가장 인연이 없어 보였던 단어에 큰 관심을 보였다.

"중등학원생 시절에 고백했더니 차였었거든. 당시에 위로해준 여자애랑 사귀어버렸더니 날 더 싫어하게 돼서……"

진심으로 좋아한 여자가 마음을 받아주지 않았다는 모양이다.

그렇게 생각하면 신과 시실리, 아우구스트와 엘리자베트, 그리고 마크와 올리비아는 참 운이 좋은 케이스였다.

"이렇게 얼티밋 매지션즈의 일원이 되고 특별 훈장까지 수여받게 된 다음에 이젠 너하고만 사귀겠다고 말했더니 받아들여줬어."

"……고생하셨습다."

"그래서?! 그래서요?! 어떤 분인가요?!"

마크는 문어발은 그렇다 쳐도 훈장을 받은 후에야 마음을 받아줬다는 대목에는 동정했다.

올리비아는 그런 것보다 상대가 어떤 여자인지에 더 관심이 동한 모양이었다.

토니는 쓴웃음을 지은 후 지금 사귀는 여자에 대해 말해주었다.

"지금은 경법학원에 다니는 앤데 중등학교 때는 반장을 맡기도 했어."

마크와 올리비아는 뜻밖이라는 듯 놀란 표정을 숨기지 못했다.

경법학원이라고 하면 중등학원 때 우등생이었던 자들이 모이는 학교다.

하물며 중등학원에서 반장이었다면 꽤 성실한 우등생이었을 터.

"……이건 서로의 다른 점에 끌렸다는 뜻일까?"

"토니 씨랑은 정반대인 사람인 것 같으니……."

두 사람은 서로의 얼굴을 바라보며 토니의 여친에 대한 감상을 피력했다.

"너희들, 좀 너무한 거 아니니……?"

토니는 힘없이 어깨를 늘어트렸다.

"그건 그렇고 이건……."

"응, 오늘 밤 보고회가 기대되는걸."

마크와 올리비아가 이런 재미있는 정보는 모두와 공유해야 한다며 웃는 것을 본 토니가 말리려고 한 순간.

"마물이 나타났습니다!"

탐색을 맡은 병사가 외쳤다.

"후우, 나 참. 밖으로 가자. 상황을 봐야겠어."

"오케임다!"

"예!"

입막음을 할 기회를 놓친 토니는 한숨을 내쉬며 사고를 전환했다.

설령 재해급이 아니라 해도 아군이 싸우고 있는데 마차 안에서 놀고 있을 수는 없었기 때문이다.

그렇게 마차 밖으로 나온 세 사람을 본 양치기 가란이 말을 걸었다.

"오. 왔군."

"수고가 많으십니다. 가란 씨. 규모는요?"

"글쎄? 계속 늘어나고 있으니 지금 파악해봤자 의미가 없잖아?"

"그것도 그렇습다."

토니가 마물의 규모를 묻자 가란은 현재 진행형으로 늘어나는 중이라고 대답했다.

아무래도 이쪽에서도 마물은 세를 불려가며 다가오는 모양이었다.

하지만 이쪽도 1만 이상의 병력이 모여 있으니 만에 하나라도 질 리는 없으리라.

"그건 그렇고 다른 쪽도 전부 이런 상태라면 마인령에서는 곧 야생동물들이 자취를 감추게 될지도 모르겠군."

마물은 자연적으로 발생하는 존재가 아니다.

마력을 제어하지 못하는 동물의 체내 마력이 폭주하거나

장시간 짙은 마력에 노출돼서 변모하는 케이스가 보통이다.

즉, 원래는 야생동물인 셈이었다.

그래서 가란은 마인령에 있는 야생동물의 현황을 걱정할 수밖에 없었다.

하지만 그 말을 들은 토니의 입에서 나온 것은 예상을 완전히 초월하는 대답이었다.

"혹은 야생동물이 전부 마물이 된 걸지도……."

그제야 그 가능성을 떠올린 가란은 한순간 경악했다.

하지만 마물이 이만한 규모의 무리를 지은 것을 보면 그렇게 생각하는 편이 자연스러웠다.

"그럼 이 규모도 납득이 가는군……. 생태계가 완전히 박살났잖아!"

가란은 양이라는 생물 덕분에 생계를 꾸리는 양치기로서 분노를 감출 수 없었다.

그 분노를 직면하게 된 세 사람의 표정이 굳었다.

"짜식들아! 너희는 이런 식으로 생명을 가지고 노는 놈들을 용서할 수 있겠어?! 마물이 된 동물들은 불쌍하게 됐지만, 우리가 손수 저세상으로 보내줘서 생태계를 정상으로 복구하자!"

"""우오오오오!"""

가란의 외침에 가장 먼저 반응한 건 양치기들이었다.

그리고 그 체격에 어울리는 핼버드를 세워든 후 곧장 마물들을 향해 돌격했다.

그러자 당황한 건 마법사들이었다.

마물 집단과의 전투는 원래 먼저 마법사가 마법을 날려서 대미지를 주거나 움직임을 막은 후 기사나 병사들이 병장기로 숨통을 끊는 게 일반적이었다.

하지만 양치기들은 그런 방식을 알 리 없었던 까닭에 곧장 돌격했다.

하지만 다행히도 양치기들의 수는 많지 않은 편이었기에, 마법사들은 곧 빈 곳에 마법을 난사했고 기사들도 뒤늦게 돌격했다.

토니 일행은 재해급 마물 전담 전력이라 후방에서 그 광경을 지켜보았다.

하지만 전장에서 다른 병사들이 싸우는 모습을 가만히 지켜보고만 있으려니 왠지 마음이 불편해졌다.

"정말로 재해급이 나오기 전까지는 견학해도 되는 걸까?"

"저희도 참가하는 편이 나을 것 같은 기분도 든다."

"하지만 작전을 어기면 오히려 더 폐가 될지도⋯⋯."

토니와 마크는 같이 싸우는 편이 나을 거라고 생각했지만, 올리비아의 의견에도 일리는 있었다.

대규모 군사 행동에서 사전에 정해진 약속을 어기면 현장이 혼란스러워질 가능성이 있기 때문이다.

그런 세 사람의 고민은 곧 의미가 없어졌다.

"저, 저건?! 재, 재해급으로 추정되는 마물이 출현했습니다!"

색적을 맡은 병사가 외쳤지만, 그 보고에는 약간 부자연스러운 점이 있었다.

재해급으로 **추정**.

토니 일행은 의아한 얼굴로 그쪽에 시선을 돌린 후 일제히 고개를 갸웃거렸다.

"어라? 내 눈이 이상한 건가?"

"제 눈에도 보이니 아마 정상일 겁다."

"저것도 재해급이 되는 거었어?"

세 사람이 시선을 돌린 곳에 나타난 마물은 마치 원근감이 이상해진 것 같은 기분이 들 정도로 거대한 사슴이었다.

사슴은 비교적 발견 빈도가 잦은 중형 마물이다.

하지만 아주 보기 드물게 대형이 되는 경우가 있어도 재해급은 금시초문이었다.

마물로 변한 야생동물은 체조직도 변형돼서 서서히 거대해진다.

참고로 인간이 마물이 된 경우에는 이런 변화가 없다고한다.

여태까지는 마인이 된 사례가 워낙 적다 보니 확실히 단언할 수는 없지만, 마인의 체격에 변화가 없는 것은 마물이 된 후에도 스스로 마력을 제어할 수 있기 때문이라 추측하고 있었다.

하지만 마물이 된 야생동물의 거대화에는 한계가 있을 거라고 예상되었다.

실제로 사슴은 마물이 되어도 대형으로 그쳤기 때문이다.

그러나 눈앞에 나타난 사슴은 달랐다.

"……거의 학교 건물쯤 될 것 같습다."

"이봐, 잠깐! 저런 걸 상대로 어쩌라는 거야?!"

마크가 약간 긴장감이 없는 목소리로 중얼거렸고, 재해급 마물을 처음 본 가란은 고함을 질렀다.

전에 재해급을 목격한 경험이 있는 병사들조차 경악했다.

그러자 수사슴으로 추정되는 마물이 그 거대한 체구에 어울리는 큰 뿔을 위로 세우며 포효했다.

―음머어어어어어어!

병사들의 몸이 반사적으로 위축되었다.

하지만 반대로 그 거대한 마물 사슴을 향해 돌격하는 자들도 있었다.

"마크! 올리비아 양! 엄호 부탁해! 내가 다리를 잘라버리고 올 테니까!"

""예!""

바이브레이션 소드를 써내 들고 돌진하는 토니의 요청에 마크와 올리비아가 대답했다.

"뭐?! 무모해, 토니!"

가란은 상상을 초월하는 마물의 등장에 토니를 말리려

했다.

하지만 그는 이미 마물 사슴의 발밑까지 접근한 후였다.

"아앗!"

거대한 사슴이 다리를 들어올리는 것을 보고 토니가 짓밟히는 광경을 떠올린 가란이 무심코 비명을 질렀지만, 갑자기 사슴의 얼굴에서 폭발이 일어났다.

"우와, 단단함다."

"마력을 좀 더 담아볼걸 그랬나?"

마크와 올리비아가 날린 견제용 마법이었다.

하지만 아무래도 처음으로 싸워보는 크기의 마물이라 힘 조절에는 실패한 모양이었다.

거의 피해를 주지 못했다.

하지만 거대 사슴의 움직임을 멈추는 건 성공했다.

"잘했어!"

토니에게는 그 정도로 충분했다.

사슴의 발밑으로 돌진한 토니는 제트 부츠를 기동해 무릎 근처까지 날아올랐다.

"어어?!"

인간이 터무니없는 높이까지 점프하는 비상식적인 광경을 본 가란이 또 당황했다.

하지만 거대 사슴의 무릎 근처에 도달한 토니는 아무것도 개의치 않고 바이브레이션 소드를 옆으로 휘둘렀다.

"흡!"

발군의 날카로움을 자랑하는 바이브레이션 소드가 거침없이 살을 파고들었다.

"아, 이걸로는 안 닿겠는걸."

그렇게 말한 토니는 자신이 낸 검상을 향해 폭발 마법을 날렸다.

검의 길이가 부족해서 일격에 절단하지는 못했지만, 추가로 이어진 폭발 덕분에 다리를 하나 날려버리는 것에는 성공했다.

"에엥?!"

거대한 통나무만한 크기의 앞다리를 간단히 잘라버리는 모습에 가란이 또 당황했다.

앞다리를 하나 잃은 마물 사슴은 균형을 잃을 뻔하다가 간신히 멈춰 섰다.

"어? 버텼네?"

그렇게 말한 토니는 이번에는 뒷다리도 같은 요령으로 절단했다.

그러자 그곳에 다시 마크와 올리비아의 마법이 날아왔고, 앞다리와 뒷다리를 하나씩 잃은 거대 마물 사슴은 마침내 균형을 잃고 넘어졌다.

덩치가 워낙 큰 탓에 주변일대가 마치 지진이라도 난 것처럼 흔들렸다.

"응, 어서 와."

그렇게 쓰러진 사슴 앞에 토니가 바이브레이션 소드를 쥔 채 기다리고 있었다.

마물 사슴의 얼굴이 지면에 닿은 순간, 바이브레이션 소드와 폭발 마법의 콤비네이션으로 단숨에 목을 날려버렸다.

"나머지는 부탁드려도 될까요?"

"······헉! 그, 그래! 짜식들아, 남은 마물들을 처리하자!"

"""오오!"""

토니가 말을 건 덕분에 겨우 정신을 차린 아군이 잔당 소탕을 시작했다.

자신의 호령으로 양치기들과 병사들이 다시 진군하는 모습을 지켜본 가란은 아주 손쉽게 재해급을 토벌한 토니에게 말을 걸었다.

"이거 참, 굉장하군. 얼티밋 매지션즈라길래 마법사인 줄 알았는데 검도 쓸 줄 아는 거냐?"

"예, 뭐."

원래는 기사 가문 출신이라 기사가 되는 것이 목표였던 토니는 그 찬사에 쑥스러움과 기쁨을 동시에 느꼈다.

"하아~ 검과 마법을 동시에 쓰는 마검사인가. 그런 건 옛날이야기 속에서나 나오는 건 줄 알았는데 말이지."

"마, 마검사요?!"

가란의 예상치 못한 발언에 토니는 당황했다.

물론 지금은 마법사지만 한때 검을 수련했던 그에게는 당연히 기쁜 호칭이었다.

　하지만 오늘 밤 보고회에서 동료들에게 여친뿐만 아니라 호칭으로도 놀림거리를 제공하게 될지도 모른다는 사실에 약간 당황한 거였지만. 아무래도 가란의 눈에는 조금 다르게 보였던 모양이다.

　"응? 그 호칭에 무슨 불만이라도 있는 거냐?"

　"아, 아뇨. 그런 건 아니지만……."

　가란은 토니의 모호한 반응에 고개를 갸웃거렸지만, 곧 신경을 끊었다.

　"뭐, 내버려둬도 주위에서 알아서 그렇게 불러주겠지. 그럼 나도 다녀오마!"

　"예, 다녀오세요."

　토니에게 아주 잘 어울리는 데다 단숨에 퍼질 것 같은 호칭을 지어준 가란은 전장으로 향했다.

　그리고 마크와 올리비아가 있는 곳으로 다가간 토니는 약간 험악한 표정을 지었다.

　"고생하셨습다, 토니 씨. 그런데 표정이 왜 그러심까? 마검사라는 호칭이 맘에 안 드신 검까?"

　"아, 아니. 뭐…… 부끄럽긴 해도, 싫은 건 아니야."

　역시 내심 기쁜 모양이었다.

　"그럼 저희가 무슨 실수라도 한 건가요?"

"아니? 완벽한 엄호였는데."

"그럼 표정이 왜 그러십까?"

두 사람이 의아한 표정을 짓자 토니는 그 이유를 밝히기 시작했다.

"아니, 그게…… 마물 사슴이라는 게 원래 저 정도까지 커지는 거였던가?"

지극히 당연한 의문이자, 감상이었다.

"아뇨……. 아무리 커도 대형까지였죠. 그게 왜요?"

"마인령에 진입하자마자 지금까지는 대형이 한계였던 걸로 추정됐던 동물이 재해급이 돼서 나타난 거잖아? 그것도 하필이면 이런 타이밍에."

"우연…… 일까요?"

"정말로 그렇게 생각해?"

마크는 대답할 수 없었다.

"왠지 불길한 예감이 들어."

병사들이 마물 집단을 순조롭게 토벌하는 가운데, 세 사람은 불안한 얼굴로 그 광경을 지켜보고 있었다.

제3장 걱정과 암약

"흐응. 오그 쪽에는 또 호랑이가 나왔구나."

『그래. 대체 왜 내 쪽에만 출몰하는 건지 모르겠군…….』

마인령 공략 작전 첫날이 막을 내리자, 어제처럼 마력 차단 결계를 펼친 진지 안에서 식사와 목욕을 마친 일행은 자기 전에 보고회를 시작했다.

오그 쪽에는 또 호랑이가 나왔다고 한다.

"그건 그렇고 네가 직접 잡은 마물 호랑이 수도 상당한데, 이제 슬슬 『호랑이 전문 왕자』라는 호칭을 받아들이는 건 어떨까?"

『큭! 역시 그 말을 꺼내는 거냐…….』

『그보다 더 재미있는 호칭을 받으셨소이다.』

"재미있는 호칭?"

잠깐, 그건 또 뭐야.

엄청 기대되는걸?

『야, 율리우스! 기다려!』

"기다릴 필요 없어. 말해, 율리우스!"

『병사들이 전하께서 마법을 쓰는 걸 보고 『뇌신』이라고 부르던데요.』

『토르?! 너마저!』

율리우스에게 뒷말을 재촉했더니 대신 토르가 대답했다.

설마 토르에게 배신당할 줄 몰랐던 오그는 동요를 감추지 못했다.

아니, 그보다 배신당한 사람은 다들 저런 대사를 말하게 되는 걸까?

어디선가 들은 적 있는 대사를 말한 오그는 보기 드물게 쩔쩔매고 있었다.

저쪽은 나름 즐거웠던 모양이네.

그건 그렇고 마침내 오그에게도 호칭이 붙었다.

하지만…….

"『뇌신』이라니…… 꽤 멋지잖아."

『음. 틀림없이 놀려댈 줄 알았다만…….』

나도 재미있는 호칭이었다면 놀리고 싶었다.

하지만 『뇌신』이라니…… 무지 멋지잖아!

마법사의 왕 = 마왕보다는 훨씬 괜찮았다.

"저도 어차피 받을 거면 『풍신(風神)』 같은 게 좋았을 텐데요."

마리아도 오그의 호칭이 부러운 모양이었다.

어째서?

"『전처녀』라니…… 나보고 계속 처녀로 있으라는 소리야?"

그쪽이었냐.

아마 괜찮을걸?

『전처녀』라는 건 그런 의미의 처녀를 뜻하는 게 아닐 테니 말이다.

『우리 쪽에는 재해급이 안 나왔어.』

"오, 그랬어? 앨리스."

스이드 방면 연합군에 파견된 앨리스 쪽에는 재해급이 출몰하지 않았다는 모양이다.

뭐, 이게 정상이겠지.

마물과 싸울 때마다 재해급이 나오는 게 더 이상한 일이다.

『응. 마물은 잔뜩 나왔는데 말야. 재해급이 안 나오면 나설 기회가 없을 것 같아서 전투를 지원해버렸어.』

이번 작전이 전 세계적인 규모로 진행되는 건 이 넓은 영역을 우리 힘만으로는 감당할 수 없었기 때문이다.

하지만 그밖에도 알스하이드군만 활약하지 않고 전 세계인이 힘을 합쳐서 세상을 구했다는 인식을 줄 필요도 있었다.

이 작전에서 각 방면군이 맡은 역할은 마물의 토벌.

세상의, 민중의 위협은 마인뿐만이 아니다.

슈투름에 의해 의도적으로 급증한 것으로 여겨지는 마물도 위협이 되기에 충분했다.

그 위협을 솎아내는 것이야말로 각 방면군의 진짜 사명이었다.

그러니 앨리스가 마물을 섬멸해버리면 각 방면군이 참가한 의미가 사라지는 셈이다.

일단 못을 박아둬야겠다.

"야, 마물 토벌은 각 방면군이 담당해야 하는 사안인데 혹시 네가 섬멸해버린 건 아니겠지?"

『괜찮아! 딱 절반쯤 남겼으니까!』

"그래도 반이나 사냥해버린 건가."

『그러다 스이드 왕국의 지휘관 씨한테 『섬멸 마법소녀』라는 소리를 듣게 됐는데 말이지~.』

아무렇지 않게 대화에 끼어든 유리가 새로운 사실을 폭로하자, 앨리스가 크게 당황했다.

『와앗~! 그건 말하지 않아도 돼!』

"그건 그렇고 섬멸 마법소녀라니…… 뭐랄까……."

……절로 동정심이 드는 호칭이었다.

『유리는 치사해! 자기만 『도사님의 후계자』라는 멋진 걸 받고!』

『우후후……『도사님의 후계자』. 우후후.』

앨리스와 달리 유리는 그 호칭이 맘에 든 건지 보기 드물게 신이 나 보였다.

난 마도구 제작의 기초는 배웠지만, 그 후에는 전부 오리지널로 발전시킨 거라 할머니의 후계자라고 불리기에는 어폐가 있었다.

……지금도 뭘 만들 때마다 늘 혼나기만 하고.

아무튼 이걸로 크루트와 스이드의 보고는 끝났다.

이어서 토니 일행이 파견된 카난 방면 연합군의 상황을 들어보자.

"그런데 토니 쪽은 어땠어?"

『……음. 우리 쪽은…….』

하지만 토니는 말꼬리를 흐렸다.

『왜 그러지? 무슨 문제라도 있었나?』

오그도 신경 쓰였는지 대화에 끼어들었다.

『아, 아뇨. 이렇다 할 피해는 없었습니다만…….』

"그럼 왜 말하기 어려워하는 건데?"

그 반응에 더 궁금해져서 물어보았다.

『아…… 그게 말이지. 우리 쪽에도 재해급이 나오긴 했어.』

"그쪽에도 나온 건가. 마인령은 진짜 마물의 소굴인가 보네."

스이드 방면 연합군을 제외한 전부라니, 확률이 지나치게 높았다.

『음~…….』

『뭐야? 그걸로 끝이 아니었던 건가?』

하지만 왠지 토니의 반응이 미적지근했다.

그쪽에만 재해급 마물이 나온 건 아니니 딱히 보고하기 곤란한 내용은 아니었을 터.

역시 또 무슨 일이 있었던 걸까?

『우리 쪽에는 마물 사슴이 나왔어.』

"뭐? 사슴?"

나도 모르게 맥 빠진 목소리로 되물었다.

"사슴이라면 흔히 나오잖아? 그게 왜?"

마리아의 말대로 마물 사슴은 흔한 편이었다.

그게 토니가 말하기 어려워하는 이유라고?

『확실히 중형 마물 사슴이라면 자주 보긴 했지만…….』

『뭐야. 혹시 대형화라도 한 건가?』

마물이 되면 체조직의 변화라 세월이 흐를수록 몸이 거대해진다.

그러다 보니 대형 마물 사슴도 가끔 출몰하긴 한다고 한다.

난 본 적 없지만, 만약 대형 마물 사슴과 마주친다면 당황했을까?

하지만 이어서 나온 토니의 말에는 내 귀를 의심할 수밖에 없었다.

『그 사슴이 말이지…… 재해급이더라고.』

"재, 재해급 사슴?!"

뭐, 뭐야 그게?!

그런 건 금시초문이라고!

『크기가 학교 건물만 했습다.』

『저도 봤으니 틀림없어요.』

토니와 같이 카난 방면 연합군에 동행한 마크와 올리비아도 증언했다.

우리도 딱히 거짓말이라고 생각한 건 아니지만, 다른 목격자도 있으니 혹시라도 잘못 봤던 건 아니리라.

그건 그렇고 대형도 무척 보기 드문 편이라고 들었는데 재해급 마물 사슴이라고?

"사슴도 재해급이 되는 거야?"

『아니…… 적어도 난 들어본 적 없군. 대형도 극히 드문 케이스라고 하는데 하물며 재해급이라면…….』

"저도…… 처음 들었어요."

내가 이 세계의 상식에 워낙 어두워서 모르는 건 줄 알았는데 오그와 시실리도 마찬가지라고 한다.

확실히 뭔가 조짐이 이상했다.

토니가 말하기 곤란해 할 만한 화제였다.

그러자 마리아가 이 화제에 편승해서 우리 쪽 상황도 보고했다.

"하지만 우리 쪽은 재해급 늑대였는걸? 신이 말하기로는 보기 드문 케이스이긴 해도 전혀 없는 건 아니라던데……."

뭐, 나도 나중에 밝힐 생각이긴 했지만, 지금까지 전례가 없었던 마물의 출현했다고 하니 이쪽도 마침 희귀 케이스와 조우했던 걸 같이 보고하는 편이 나을 거라고 판단한 것이리라.

그건 그렇고 늑대와 사슴은 원래 중형 마물이다.

하지만 재해급 마물 늑대의 발견 사례는 극소수에 불과하긴 해도 존재하기는 했다.

그 차이는 대체 무엇일까.

육식동물이라 초식동물인 사슴보다 흡수하는 마력량이 많아서?

내가 그런 고민을 하고 있자 오그가 드물게 당황한 목소리로 말했다.

『뭐?! 재해급 늑대가 출현했다고?!』

"응. 나도 슬슬 보고하려고 했는데…… 그게 왜?"

『왜라니, 그야 너…… 재해급이 된 마물 늑대는 워낙 교활해서 호랑이나 사자보다 버거운 상대라고 들은 적이 있어. 그런 마물이 출현했다면…….』

"평소처럼 신이 단숨에 해치웠는걸요."

『그, 그렇군……. 다른 문제는 없었던 거지?』

오그가 웬일로 내 걱정을 했다.

진짜 별일이네.

"걱정하지 마. 오히려 전에 해치운 마물 늑대보다 약해서 김이 샜을 정도였는걸."

『……그런가. 그럼 다행이군.』

"뭐야? 그렇게 걱정됐어?"

『아니, 넌 전혀 걱정하지 않았다만…….』

야.

『그건 그렇고 희귀 케이스인 재해급 늑대와 전대미문인 재해급 사슴의 출현이라니…….』

"네 매정한 발언은 그렇다 치고…… 확실히 신경 쓰이긴 해."

『토벌 자체는 순조로운데 말이지. ……왠지 마음에 걸리는군.』

"응, 나도 마물 늑대를 해치웠을 때 잠깐 그런 생각이 들더라. 이건 혹시…….

『슈투름과…… 무슨 관계가 있는걸까?』

"글쎄다? 요즘 마인령에는 마물들이 넘치고 있으니 어쩌면 그 영향일지도 모르고…….

이렇게 마물이 대량 발생한 것도 전대미문의 케이스이니 어떤 이상 사태가 발생해도 이상할 것 없었다.

다만, 슈투름에게는 마인을 인공적으로 양산하거나 동물을 강제로 마물로 바꾼 전과가 있으니 가능성을 완전히 배제할 수는 없었다.

그렇다면…….

"알스하이드 쪽은 어떻게 됐을까? 아무리 마법사단과 기사단의 전력이 상승했다고는 해도 슈투름이 뭔가 손을 썼을 가능성이 있다면 좀 위험하지 않을까?"

이번 작전에서 우리 얼티밋 매지션즈는 알스하이드군에 단 한 명도 배속되지 않았다.

애초에 워낙 덩치가 큰 나라이다 보니 어지간한 소국의

몇 배에 달하는 병력을 갖추고 있었던 것.

할아버지의 훈련 방식을 도입한 마법사단의 실력이 상승한 것.

기사단도 제트 부츠를 비롯한 신규 장비를 가장 먼저 도입해서 타국에 비해 전력이 상승한 것.

이런 이유들로 인해 군 상층부가 재해급을 제외한 마물이라면 충분히 자력으로 감당할 수 있다고 판단해서 우리의 도움을 사양했기 때문이다.

마인과의 전투를 상정하지 않은 건, 마지막으로 목격된 지 벌써 몇 달이나 지난 탓에 지금쯤 전부 구 제도에 모여서 이쪽의 공격을 대비 중일 거라고 예상했기 때문이다.

그리고 무엇보다 알스하이드가 우리를 고유 전력으로 취급하지 않는다는 의사를 표시하기 위해서였다.

하지만 슈투름이 마물에게도 뭔가 손을 썼을지도 모른다고 생각하니 갑자기 불안해지기 시작했다.

『아직 알스하이드의 정기 연락은 없었다. 아무래도 마인령이다 보니 통신기의 선을 땅에 묻으면서 이동하느라 시간이 걸리는 거겠지.』

"……걱정되네."

『확실히 신경 쓰이긴 하지만, 애초에 우리의 조력이 필요 없다고 먼저 말을 꺼낸 건 알스하이드였다. 마인령의 공략에 다른 나라들을 끌어들였으니, 우리를 그쪽에 우선적으로 양보하겠다면서 말이지.』

　원래대로라면 이번 사태는 알스하이드군만으로도 충분히 대처할 수 있었지만, 이런 식으로 외국을 끌어들이는 번거로운 방법을 선택한 것은 어디까지나 작전의 종결 시간 단축과 세계의 파워밸런스를 유지하기 위해서였다.

　우리를 파견한 것도 그런 사정에 괜히 말려들게 했으니 조금이라도 그들이 받게 될 피해를 줄이기 위해서였다.

　"알스하이드 쪽에 문제가 없으면 이 작전 자체는 순조롭게 진행되고 있는 걸 텐데 말이야."

　『……일단 보고를 기다려 보자.』

　이럴 줄 알았으면 알스하이드군에도 무선 통신기를 줄 걸 그랬나…….

　하지만 채널 수가 아직 부족하기도 하고, 주위에 특별 취급하는 것처럼 보일지도 모르는 문제도 있었다.

　우리는 일단 알스하이드 쪽은 정기 보고를 기다리기로 하고 정기 보고를 마쳤다.

　그리고 잠시 후 통신기로 각 방면 연합군의 정기 연락을 받은 병사가 돌아와서 그 내용을 우리에게 보고했을 때는 솔직히 식은땀이 다 났다.

　"코, 코뿔소가 마물이 됐다고?!"

　어째서?!

　분명 마법학원의 수업에서 대형 동물은 마물이 되지 않는다고 배웠는데 하필이면 알스하이드군 쪽에서도 이상 사태가 발생하고 말았다.

내가 역시 한 명이라도 알스하이드군에 파견할 걸 그랬다고 후회하는 사이에, 마리아가 보고하러 온 병사에게 다급히 캐물었다.

"그, 그래서요?! 그쪽은 어떻게 됐죠?!"

어째선지 평소보다 필사적이었다.

우리가 없는 알스하이드군에 사상 최초의 재해급 마물 코뿔소가 나타났으니 당연하다면 당연하겠지만, 혹시 가까운 지인이라도 군에 있는 걸까?

"마법사단의 마법으로 움직임을 막고 기사단이 마무리를 했다고 합니다. 놀랍게도 그 당사자는 기사학원의 학생이라더군요."

마리아는 대답을 듣고 가슴을 쓸어내리며 안도했다.

그렇군. ……사상 최초의 마물을 상대로 싸워서 이긴 건가.

알스하이드군은 새로운 마법 단련 방법과 기사단의 새 장비로 정말 강해진 거구나.

하지만 마리아의 질문은 끝나지 않았다.

"그 학생의 이름은요?! 이름은 확인했나요?!"

"그, 그게…… 아, 미란다. 미란다 월레스라는 여학생이라고 합니다."

"미란다가……."

아, 걔라면 분명 합동훈련 때 날 묘하게 걸고 넘어졌던 기사학원의 차석이었지?

"미란다는 무사한가요?"

"예. 재해급을 토벌한 후에 기력이 다해서 쓰러졌지만, 무사하다고 합니다. 그리고 그녀의 전법이 매우 효과적이었으니 저희 군에서도 꼭 써보라고 하더군요."

"그, 그런가요……."

마리아는 그제야 긴장이 풀렸는지 바닥에 힘없이 주저앉았다.

"왜 미란다를 그렇게까지 신경 쓰는 거야?"

"그야 친구인걸?"

"어? 그랬어?"

의외였다. 대체 어느 틈에.

"합동훈련 후에 이상하게 마음이 잘 맞더라구. 시실리가 너희 집에서 지내게 된 후로는 오히려 미란다랑 같이 지낸 시간이 더 길었어."

"그, 그랬구나."

"어느 틈에……."

시실리의 표정은 복잡해보였다. 태어났을 때부터 알고지낸 절친이 모르는 사이에 새 친구를 만든 것에는 질투가 나지만, 본인도 요즘 마리아를 내버려둔 건 사실이라 딱히 뭐라 할 말이 없는 것이리라.

그러자 병사가 시실리에게도 말을 걸었다.

"성녀님의 가족분들도 무사하시다고 합니다."

"그런가요. ……알려주셔서 감사합니다."

시실리의 언니들도 마법사단 소속으로 이번 작전에 참가했다.

그런데 어째선지 시실리는 안도는 했어도 딱히 기뻐보이지는 않았다.

"뭐, 재해급이 상대라 다소의 피해는 발생했다고는 하지만…… 과연 알스하이드군이군요. 설마 재해급 마물을 자력으로 토벌할 줄이야."

병사는 감탄했지만, 난 그 말에 충격을 받았다.

피해. ……그는 분명히 그렇게 말했다.

그렇다는 건 역시 희생자가 발생했다는 뜻이리라.

"그런…… 가요. 보고해주셔서 감사합니다. 작전은 순조롭게 진행되고 있는 거죠?"

"예! 여러분, 얼티밋 매지션즈 덕분에 더할 나위 없이 순조롭습니다!"

"그렇군요. 그럼 저희는 이만."

"예. 수고하셨습니다."

우리는 병사에게 인사한 후 텐트로 돌아왔다.

하지만 도중에 내 표정을 읽은 건지 시실리가 살며시 팔을 끌어안았다.

"……신 군, 괴로워 보여요."

"……그래?"

"예……. 희생자가 나온 게 괴로운 거죠?"

……전부 눈치챘구나.

"알스하이드군에도 우리 중 누군가가 있었으면 희생자가 없었을 거라고 생각하니……."

"하지만 폐하와 전하와 군무장관님께서 결정하신 일인 걸요. ……알스하이드군은 다른 나라에 비해 전력이 증가했으니 저희는 그쪽에 우선적으로 배속해야 한다면서요."

"그건…… 나도 알지만……."

"그리고 언니들이 이런 말을 했어요."

"처형들이?"

"작전에 참가하기 전에 잠깐 귀성했거든요. ……가족과 얼굴을 보는 건 이걸로 마지막이 될지도 모른다면서."

"뭐?"

그건…… 작별인사를 하러 왔다는 뜻인가?

"언니들은 각오하고 있었어요. 이 작전에서 목숨을 잃을지도 모르지만, 민중을 위해 목숨을 걸고 싸울 수 있다는 사실 자체를 자랑스럽게 생각한다면서요."

"……그랬…… 구나."

원래는 시간만 있으면 우리의 힘만으로도 해결할 수 있는 문제였다.

하지만 사태가 이렇게 커진 것은 까놓고 말해…… 우리의 고집 때문이었다.

그런데도 각국의 군인들은 저마다 목숨을 걸고 이 작전에 참가해주었다.

내가…… 그들의 평화로운 일상을 빼앗은 걸지도 몰랐다.

"내가…… 모두에게 지독한 짓을 강요한 걸까?"

"언니는 이런 말도 했어요."

물론 각오했던 일이지만 내가 후회하려고 하자, 시실리가 다시 입을 열었다.

"원래는 본인들을 비롯한 어른들이 해결해야 할 문제인데도 저희의 힘에 전적으로 의지할 수밖에 없는 현실이 미안하고 또 한심스럽다고요. 본인들이 해결할 수 있는 일은, 본인들에게 맡겨달라고요."

"……"

"그러니 신 군이 죄책감을 가질 필요는 없어요. 모두가, 누구나 자신의 힘으로 이 위기를 극복하기를 바라고 있으니까요."

……나도 모르게 자만심에 사로잡혔던 걸지도 모르겠다.

우리가 없으면 재해급도, 마인도 상대할 수 없을 거라고.

모두가 자신들이 살아가는 이 세상의 평화를 자신의 힘으로 지키고 싶다고 생각했을 줄은 몰랐다.

"난…… 어느새 오만해졌던 걸지도 몰라. ……이 위기를 극복할 수 있는 건 우리뿐이라고 착각하면서……."

내가 자조하자 시실리는 팔짱을 낀 팔을 풀더니 날 정면에서 끌어안고 고개를 들었다.

"신 군이 세계의 희망이라는 건 변함없어요. 슈투름과 맞서 싸울 수 있는 건 신 군뿐인걸요. 그러니…… 너무 그렇게 자신을 비하하지 말아주세요."

"시실리……."

"다들 이 세계를 구하고 싶은 거예요. 그걸 위한 희생은…… 각오했을 거구요. 그러니…… 너무 자신을 책망하지 말아주세요."

그렇게 말하며 날 끌어안는 시실리의 몸은 희미하게 떨리고 있었다.

아무리 각오했다고 해도 가족을 잃을지도 모르는 두려움은 남아 있으리라.

하지만 다들 그 두려움을 참으면서 싸우고, 가족을 전선으로 배웅한 것이 아닐까.

"미안, 고마워. 뭐랄까…… 참 한심하네, 나……."

"아니에요. 신 군의 가족은…… 그 할아버님과 할머님이시니 이런 경험이 없었던 거죠? 하지만 군적에 든 가족이 있는 사람은 다들 이미 각오했던 일이에요. 차이는 단지 그것뿐인걸요."

그렇다. 시실리의 언니들이 소속된 마법사단은 그래 봬도 틀림없는 전투집단이다.

그런 곳에 배속된 시점에서 언젠가 가족을 잃을지도 모른다는 각오가 되어있던 것이리라.

"나도 마찬가지야, 신. 우리 집은 군에 적을 둔 사람이 없어서…… 나도 미란다에게 무슨 일이 생겼을까봐 잠시 이성을 잃고 말았어."

지금까지 침묵하고 있던 마리아도 대화에 끼어들었다.

그런가. 마리아도 마찬가지였나.

"시실리, 넌 굉장해. 이미 그런 각오가 됐을 줄은 몰랐어."

"……각오가 됐다고는 해도 역시 두려운 건 두려워."

나를 끌어안은 채 마리아와 대화하는 시실리.

……왠지 이상한 구도였다.

"응……. 다들 목숨을 걸 각오를 했다는 건 알았어. 그래도 될 수 있으면 희생이 나오지 않도록 노력해볼게."

"예. 노력해봐요."

시실리는 그렇게 말하며 방긋 웃어주었다.

"……또 네 덕분에 구원받은 것 같아."

"말했잖아요? 신 군의 마음을 치유해주는 건 제 역할이라구요."

"응……. 고마워……."

"앗……."

난 너무 기쁜 나머지 시실리의 몸을 더 강하게 끌어안았다.

"시실리……."

"신 군……."

내 마음을 치유해준 시실리와 시선을 마주했다.

그리고 천천히 얼굴을…….

"너희들…… 아무렇지 않게 날 공기취급 하지 마!"

""앗.""

시선을 돌리자 마리아가 바르르 떨고 있었다.

◆

신 일행이 알스하이드군의 보고를 받을 무렵, 아우구스트 일행도 같은 보고를 받고 있었다.

"……그렇군. 소수의 희생으로 재해급을 해치운 건가……."

소수라지만, 희생자가 나왔다는 보고에 아우구스트는 인상을 찌푸렸다.

"예. 알스하이드군이 아니었다면 더 큰 피해가 발생했을 겁니다. 역시 대단하군요."

크루트의 병사가 아우구스트를 배려한 발언을 했지만, 그 표정은 풀리지 않았다.

"알았다. 보고해줘서 고맙다."

"예! 그럼 저는 이만."

크루트병은 그 말을 끝으로 떠나갔다.

그렇게 병사의 모습이 완전히 사라지자 아우구스트는 혼
잣말을 중얼거렸다.

　"희생자가 나왔다는 건가……."

　"……괜찮으십니까? 전하."

　"그래. 걱정하지 마."

　토르의 위로에 반응한 아우구스트는 괴로움에 찡그려진
표정을 억지로 풀었다.

　"그들을…… 병사들을 재해급과 싸우라고 전장에 보낸 건
다름 아닌 나다. 나도, 병사들도 이 결과는 각오했던 바."

　정확히 따지면 아우구스트의 명령이 아니었지만, 왕족인
이상 그 책임을 벗어날 수는 없으리라.

　하지만 역시 불과 열여섯 살 소년에게는 지나치게 무거운
짐인 것 또한 사실이었다.

　그러자 아우구스트의 안색을 살피던 토르가 화제를 바꾸
려 했다.

　"그러고 보니 전하. 조금 전에 신 님과의 대화 중에 뭔가
말씀하려 하지 않으셨습니까? 얼마 전에 담 대성당에서도
그러셨던 것 같은데요."

　"아, 그것 말이군. ……아니, 작전은 순조롭게 진행 중이
니 딱히 언급할 필요는 없을 것 같아서 일부러 말하지 않은
것뿐이다."

　조금 전에 아우구스트는 신을 걱정하는 듯한 발언을 했다.

평소에 그의 규격을 벗어난 모습을 가까이에서 지켜본 인간이라면 고작 마물 상대로 그런 반응을 보일 리는 없을 터.

그렇다면 아우구스트는 대체 무엇을 우려한 것일까.

"저번 각료 회의에서 신의 작전 참가를 거부한 인간이 있었던 건 아나?"

"예. 담 대표였죠? 의사록이 공개돼서 저도 봤습니다. 그게 무슨 문제라도?"

"아니…… 어쩌면 토벌에 방해되는 짓을 할지도 모른다고 생각해서. 아무래도 내 기우로 그친 것 같다만."

신의 작전 참가를 거부한 인간이 있는 담 방면 연합군에 재해급 마물 늑대가 출현하고 말았다.

평소의 신이라면 전혀 걱정할 것 없지만, 아무리 그라도 아군의 방해를 받았다면 고초가 심했을 터.

아우구스트는 바로 그 점을 걱정했던 것이다.

"토벌에 방해를요? 아무리 그래도 설마 그런 짓을 하겠습니까."

토르가 이런 전 세계적인 위기 상황 속에서 재해급 마물이라는 위협이 떡하니 눈앞에 있는데 그런 어리석은 짓을 저지를 리 없다고 부정했지만, 아우구스트는 아직 걱정을 떨쳐내지 못했다.

"그건 아직 몰라. 담은 역사적인 요인 때문에 아무래도 경건한 창신교도가 많으니 말이다. 아마 그 대표도 그렇겠지."

"그게 왜 문제가 된다는 것이외까."

하지만 율리우스는 경건한 신도라면 교의 인정을 받은 신의 사도를 방해할 리 없다고 생각했다.

"경건할수록 더 문제야. 신의 작전 참가를 거부한 걸로 봐선 처음부터 신을 그리 좋게 보지 않은 것 같더군. 아마 창신교도가 아닌 신이 신의 사도라 불리는 걸 인정할 수 없는 게 아닐까?"

"그럴 수가…… 이런 위기 상황에서요?"

토르는 도저히 믿을 수 없다는 얼굴이었다.

"그자에게는 관계없는 거겠지. 신앙이 지나치게 깊은…… 까놓고 말해 광신적인 신도라면 주위가 보이지 않아도 이상할 것 없어."

말이 그럴싸하게 들리자 토르와 율리우스는 서로를 마주보았다.

"마물의 출현 상태가 평소와 다른 것도 문제인데 아군에 그런 인간까지……."

"하오나 전하. 그렇다면 왜 신 님을 담 방면 연합군에 배속시키신 것이외까."

율리우스가 의문을 느낀 것도 당연했다.

신을 방해할 가능성이 있다면 차라리 다른 방면군에 보내는 편이 낫지 않았을까?

하지만 아우구스트는 매우 당연한 일처럼 말했다.

"상대가 신이라서다. 다소의 방해쯤은 개의치 않을 거라고 봤기 때문이지. 반대로 말하자면 다른 멤버의 경우는 과연 비상사태에 대응할 수 있을지 불안해서였어."

"신 님을 믿으셨기 때문이군요."

"가벼운 성격은 그렇다 쳐도 실력은 틀림없으니까."

아우구스트는 토르의 뜨뜻미지근한 시선을 무시하고 말했다.

"하지만 작전 자체는 순조롭게 진행됐고, 신이 재해급을 토벌했을 때도 별다른 문제는 없었다고 하니 내 기우로 그쳤다고 말했던 거다."

"그러셨구려."

"그래. 부디 이대로 아무 일도 없었으면 좋겠군."

그런 아우구스트의 바람이 닿은 건지 그 후의 마인령 공략 작전도 순조롭게 진행되었다.

각 방면군 앞에 나타났던 특별한 재해급 마물들도 더 이상 나타나지 않았고, 병사들의 힘만으로도 충분히 대처가 가능했다.

가끔 재해급이 출현해도 연합군에는 신 일행이 있었고, 알스하이드군도 점프 찌르기라는 새로운 전법을 도입한 덕분에 병사들에게 트라우마가 생기는 일 없이 토벌할 수 있었다.

마물 토벌의 대행군.

아무래도 마인령내의 마물 수가 심상치 않았던 탓에 사상자도 발생했지만, 작전 자체는 본래의 목적을 벗어나지 않고 순조롭게 진행되었다.

그런 가운데, 크루트 방면 연합군으로부터 충격적인 보고가 들어왔다.

구 제도로 향하는 길목에 있는 한 도시에 마인이 대량으로 모여 있다는 보고였다.

◆

"마인을 발견했다는 게 사실이야?"

마인령에서의 작전이 순조롭게 진행되던 어느 날 오그로부터 그런 충격적인 보고를 받았다.

우리는 현재 마인들이 거점으로 삼았으리라 예상되는 구 제도를 향하고 있었건만, 크루트 방면 연합군의 정찰 부대가 마인들이 모여 있는 다른 도시를 발견했다고 한다.

"함정일 가능성은?"

『나도 확인 차 다녀왔다만, 인적이 전혀 없는 도시에서 마인들이 마치 울분을 푸는 것처럼 건물들을 때려 부수고 있더군. 설마 그게 함정일리는 없겠지.』

확인 차 다녀왔다니, 무슨 그런 위험한 짓을…….

"들키진 않았겠지?"

『이게 다 마력 제어 훈련 덕분이야. 마력량을 늘릴 뿐만 아니라 이젠 작게 줄이는 것도 가능해. 거기다 마력 차단 마법도 썼더니 전혀 눈치채지 못하더군.』

"그럼 다행이지만…… 그래서? 슈투름은 있었어?"

『아무래도 도시 전부를 살피는 건 무리였어. 도시 전체에 쉰 개체 전후의 마력이 있는 건 확인했다만…….』

"돌아다니고 있으니 정확한 수는 파악할 수 없었던 건가……."

『미안하다.』

"뭐, 어쩔 수 없지. 함정이 아니라는 걸 파악한 것만으로도 이득이겠지만……."

그건 그렇고 왜 제도가 아니라 다른 도시에 모여있는 것일까.

그리고 마치 울분을 풀려는 것처럼 건물들을 파괴했다니…… 두 번이나 습격에 실패했기 때문인가?

그런 치졸한 습격으로?

거기다 그렇게 짜증을 낼 정도라면 다음 습격을 시도하지 않은 것도 뭔가 이상했다.

"왠지 좀 분위기가 이상한 것 같은데……."

『그래, 나도 동감이다. 일단 크루트 방면 연합군은 도시에서 멀리 떨어진 곳에 진을 치고 대기시켰다. 도시 쪽에서는 사각인 위치에.』

"그렇군. 이번에는 우리가 합류할 때까지 기다리는 편이 좋겠어."

『이미 그렇게 명령해뒀어. 마인들은 너희 힘으로는 무리니까 절대로 손을 대지 말라고.』

한두 개체라면 모를까 수십 개체의 마인을 상대하려면 우리가 전부 모여야 할 필요가 있었다.

『이제 곧 그쪽 진영에도 보고가 갈 거다. 서둘러서 이쪽으로 모여다오.』

""""예!""""

오픈 채널로 열어둔 무선 통신기에서 모두의 대답이 들렸다.

마침내 이번 작전의 대단원이 눈앞으로 다가왔다.

벌써 마인을 두 번이나 놓쳤으니 이번만큼은 실패가 용납될 수 없었다.

쥐새끼 한 마리도 달아날 수 없도록 완전히 포위한 다음에 반드시 섬멸해버리리라!

그리고 오그가 말한 정보는 곧 각 방면 연합군과 정보를 교환한 병사를 통해 담의 총지휘관인 랄프 포트만 씨, 엘스와 이스의 지휘관들에게도 전달되었다.

그 자리에는 나와 시실리와 마리아도 있었다.

보고를 받은 랄프 씨는 놀란 표정이었다.

"뭐?! 마인의 거점이 발견됐다고?!"

"예. 크루트 방면 연합군의 정찰 부대가 발견. 다수의 병사가 확인했으니 틀림없다고 합니다."

병사가 그렇게 보고하자 랄프 씨의 안색이 변했다.

뭐지?

놀랐다기보다 당황한 것 같은 느낌이다.

"크, 크루트 방면 연합군에는 아우구스트 전하께서 계실 텐데? 토벌하지 않은 건가?"

"그게…… 마인의 수가 워낙 많다 보니 일부라도 놓칠 상황을 우려해서 각 방면 연합군에 분산된 얼티밋 매지션즈가 전부 모인 후에 공격을 개시할 예정이라고 합니다."

"……그렇군. 아직 토벌하지 않은 건가……."

랄프 씨는 어째선지 그 대답에 안심한 것 같은 표정을 지었다.

마인이 토벌되지 않은 것에 안심을 해?

"좋아! 그럼 우리도 목적지를 변경한다. 그 도시의 위치는?"

"이곳입니다."

병사는 구 제국의 지도를 펼치고 도시의 위치를 가리켰다.

이미 마인령에 진입한 지 며칠이 지났지만, 다들 같은 구 제도를 향해 진군 중이다 보니 각 방면군의 거리는 의외로 가까웠다.

마인이 발견된 도시까지는 2, 3일이면 도착할 수 있으리라.

다만, 이건 어디까지는 『우리들』일 경우였다.

"문제는 가장 멀리 있는 알스하이드군이겠군요. 그쪽은 얼티밋 매지션즈 여러분이 동행하지 않으셨으니 상황에 따라선 알스하이드 군이 도착하기 전에 전투가 시작될 가능성이 있습니다."

알스하이드군은 마인의 거점을 발견한 크루트 방면 연합군과 가장 거리가 멀었다.

아마 크루트에 가까운 순서대로 카난, 담, 스이드가 도착하고 알스하이드는 가장 마지막이 되지 않을까.

그렇다면 마인 토벌은 우리 얼티밋 매지션즈의 역할이니 알스하이드군이 도착하기 전에 전투가 개시될 가능성이 있었다.

하지만 그건 어쩔 수 없는 일이리라.

아무리 군 병력만으로 재해급 마물을 사냥할 수 있게 됐다지만, 나는 알스하이드군이 이 전투에 참가하길 바라지 않았다.

마인은 단순히 인간이 마물이 된 것으로 설명할 수 없는 존재다.

지금까지 싸워온 마인들은 할아버지에게 들었던 것과 달리 모두 자아를 유지하고 있었다.

물론 그렇다고 해서 대화가 통하는 상대는 아니었고, 뭐랄까…… 인간의 악의만 돌출된 듯한 존재였다.

자신보다 약한 자를 학대하고 무참하게 죽이는 것에 최고의 기쁨을 느끼는 것처럼 보였다.

그런 마인들과 이제야 겨우 재해급 마물을 상대할 수 있게 된 병사들이 싸운다?

솔직히 일방적으로 유린당하는 미래밖에 떠오르지 않았다.

여기서는 놈들보다 압도적으로 강한 힘으로 단숨에 제압해야만 했다.

그래서 난 마인들과 전투가 벌어져도 군은 지켜보기만 해 달라고 부탁하기로 했다.

"마인들과의 전투는 연합군뿐만 아니라 알스하이드군도 참가하길 바라지 않습니다. 저희 힘만으로 싸울 겁다. 그러니 아마 알스하이드군이 도착하기 전에 전투가 시작되겠죠."

내가 그렇게 말하자 랄프 씨의 얼굴이 불쾌하게 일그러졌다.

"……그건 당신들이 아니면 마인을 토벌할 수 없을 거라는 뜻이오?"

말투에서 가시가 느껴졌다. 표정도 노골적이고.

군의 총지휘관이 저래도 되는 건가 싶었지만, 뭐, 까놓고 말해 그런 뜻이었다.

그리고 난 각 방면군이 요 며칠간의 마물 토벌로 충분히 그 역할을 완수했다고 보았다.

또한 이 전투로 공략 작전 자체가 완전히 끝나는 것도 아니었다.

마인들이 사라지면 이 땅은 각국에 분배될 예정이다.

그 후에는 많은 사람이 이주하게 될 테니 마물을 최대한 솎아낼 필요도 있었다.

그러므로 각 방면군의 마물 토벌 자체는 계속되리라.

그 사실을 고려하면 마인 토벌에 참가할 수 없어도 불만을 제기할 사람은 없을 것이라 보았다.

"이건 자만심에서 비롯된 말이 아닙니다만, 스이드에서의 대응만 봐도 각국의 군은 아직 마인을 대처하기에 무리가 있습니다. 하지만 저희에게는 전에 마인을 토벌한 실적이 있죠. 이번 작전은 그 점을 고려해서 입안되고 가결됐다고 들었습니다만."

무엇보다 이번 작전 자체가 그 결정을 기반으로 세워진 것이었으니 이제 와서 랄프 씨에게 딴 소리를 들을 이유는 없었다.

하지만 랄프 씨는 굉장히 적대적인 표정을 짓더니 「흥! 오만하기 짝이 없군!」이라고 내뱉은 후 천막을 나가 버렸다.

뭐지?

담 군의 총지휘관이라면 당연히 알고 있는 이야기 아니었어?

"잠깐, 뭐야 저게."

"신 군에게 저런 태도를 보이다니 너무해요!"

내 뒤에 있던 마리아와 시실리가 분개했다.

진짜 영문을 모르겠다.

어? 혹시 내가 방금 한 말에서 랄프 씨를 화나게 할 부분이 있었나?

"으음~? 제가…… 무슨 이상한 말이라도 했나요?"

아무래도 난 군인이 아니다 보니 혹시 해선 안 될 말을 한 게 아닐까 싶어서 근처에 있던 엘스와 이스의 지휘관에게 물어봤지만, 둘 다 엄청 험악한 표정을 짓고 있었다.

"아뇨, 전혀 문제 될 건 없었습니다. ……뭐야? 저 태도는. 참말로 맘에 안 든데이."

"정말로 저게 일국의 총지휘관이 보일 태도입니까? 포트만 장관이라고 하면 공명정대한 호인이 아니었나요? 같은 창신교도로서 부끄럽기 짝이 없군요."

아, 다행이다.

내 잘못은 아니었나 보다.

그렇다면 역시 랄프 씨의 태도가 문제였다는 뜻이겠지.

실제로 엘스와 이스의 지휘관은 노골적으로 불쾌감을 드러냈다.

그야 그럴 만도 하다.

연합군의 지휘관이 아무런 이유도 없이 나한테 폭언을 내뱉었으니까.

난 너무 갑작스럽기도 했고, 설마 이런 말을 들을 줄 몰라서 전혀 반응하지 못했다.

그래도 이 일을 계기로 담과 엘스와 이스의 관계에 불화가 생기지 않았으면 좋겠는데…….

"죄, 죄송합니다! 장관님의 무례를 대신 사죄드리겠습니다!"

내가 속으로 그렇게 기도하고 있자, 담 군의 부관인 듯한 사람이 황급히 고개를 숙였다.

그러자 엘스의 지휘관이 부관에게 따지고 들었다.

"댁들은 대체 왜 저런 인간을 장관으로 세운 겁니까?"

"펴, 평소에는 저런 말씀을 하실 분이 아닙니다!"

하지만 그 평소의 모습을 모르는 우리에게는 납득할 만한 대답이 되지 못했다.

"저도 그렇게 듣긴 했습니다. 그럼 방금 그 태도는 뭡니까?"

그 평소의 모습을 아는 듯한 이스의 지휘관이 이어서 물었지만, 부관은 한순간 말문이 막힌 듯했다.

무슨 복잡한 사정이라도 있는 걸까?

"아, 아마…… 마인 토벌은 단 한 개체라도 큰 공적이 됩니다. 그걸 얼티밋 매지션즈 여러분께서 독점하는 게 분하셨던 것이 아닐지……."

"……예?"

"뭐라구요?!"

이윽고 나온 대답에 시실리는 한순간 무슨 말인지 이해하지 못해 굳어버렸고, 마리아는 고함을 질렀다.

……진짜 무슨 생각인 걸까.

아, 그래서 아까 오그가 공적을 세운 줄 알고 당황한 표정을 지었다가 아직 마인을 치지 않았다는 보고를 듣고 안심했던 건가.

부관의 대답 덕분에 방금 랄프 씨가 왜 그런 태도를 보인 건지 겨우 납득이 갔지만, 그건 그것대로 왠지 기분이 석연치 않았다.

"이런 전 세계적인 위기 상황 속에서…… 대체 무슨 생각을 하는 건지."

"정말이지…… 한탄스럽군요."

나도 동감이었다.

마인의 대규모 출현이라는, 인류 역사상 최초라 해도 과언이 아닌 존망의 위기.

그런 상황에서 개인의 잇속을 챙기겠다고?

솔직히 대체 무슨 생각이냐고 따지고 싶을 정도다.

하지만 아무래도 담의 부관은 상관의 생각에 찬동하지 않는 모양이었다.

"……저기…… 그런 생각을 하는 건 장관님과 일부뿐이고 병사들은 모두 세계를 구하기 위해 목숨을 걸고 있으니……."

우리는 서로 얼굴을 마주보았다.

그리고 엘스의 지휘관이 한숨을 내쉬는 동시에 말했다.

"이보쇼. 그런 생각을 하는 사람이 소수인 게 문제가 아니라 총지휘관이 그 소수라는 게 문제란 말입니다."

"맞습니다. 결국, 군이라는 건 피라미드 구조입니다. 대다수인 하급병사의 발언은 반영되기 어려워도 그 정점에 있는 장관의 발언은 전군에 영향을 미칠 수밖에 없습니다."

"……."

이어서 이스의 지휘관도 끼어들었다.

타국의, 그것도 이스의 지휘관에게까지 쓴소리를 들은 게 어지간히 충격이 컸는지 부관은 고개를 떨군 채 입을 다물고 말았다.

아무래도 내가 좀 도와줘야겠다.

"뭐, 실제로 전투를 하는 건 병사들이니까요. 장관이 마인을 잡으러 가자고 명령해도 설마 따르진 않겠죠?"

"그, 그건 물론입니다!"

담의 부관이 그제야 고개를 들고 대답했다.

"그렇죠? 설마 총지휘관이 직접 전선에 나설 리도 없으니 마인 토벌 명령이 떨어져도 실제로 행동으로 옮길 수는 없을 거예요. 그럼 문제 없잖아요?"

"하긴, 듣고 보니……."

"지휘관은 후방에서 지휘를 내리는 역할이니 말입니다."

엘스와 이스의 지휘관도 납득한 건 아니지만, 일단 창을 거두어주었다.

"그런 고로 이 이야기는 이걸로 끝내죠. 내일부터 또 이동해야 할 테니 일찍 쉽시다."

내가 그렇게 이야기를 마무리하자 엘스와 이스의 지휘관은 천막을 떠났다.

"사도님…… 감사합니다."

두 사람의 모습이 사라지자 부관이 나에게 감사를 표했다.

"아, 아니에요. 당신이 그런 생각을 하지 않는다는 건 한눈에 알았는걸요. 그렇다고 상관의 생각을 대놓고 부정할 수도 없을 테니 고생이 많겠구나 싶어서 끼어든 거였어요."

내가 도와준 이유를 밝히자 부관은 눈물을 글썽였다.

"사도님께 그런 배려를 받다니…… 전 정말 행복한 인간입니다."

"예? 아, 아뇨. 진짜 신경 쓰지 마세요."

아, 이 사람도 날 진짜 신의 사도라고 믿는 쪽인가.

부관은 어째선지 엄청나게 고마워한 후, 무심코 랄프 씨에 관한 정보를 흘렸다.

"최근 장관님께선…… 마치 다른 사람이 되신 것 같습니다. ……설마 교황 예하께서 결정하신 일에 반대까지 할 줄은……."

교황의 결정에 반대했다고?

"예? 그게 무슨 소리죠?"

"아……."

내가 되묻자 부관은 한순간 당황한 표정을 지었지만, 나를 빤히 바라보더니 곧 체념한 것처럼 입을 열었다.

"장관님은…… 신 님께서 신의 사도로, 시실리 님께서 성녀님으로 불리는 것에 반대하고 계십니다."

""예?""

아니, 그야 나도 내가 신의 사도라고 생각한 적 없고 과분한 칭호라고 여겼다.

시실리도 치료를 받은 사람들이 멋대로 그렇게 말한 것뿐이지 본인이 그렇게 떠들고 다닌 건 아니었다.

다만, 이건 나와 시실리를 신의 사도와 성녀라고 인정한 사람이 문제였다.

창신교 교황 예카테리나.

그녀가 전 세계를 향해 그렇게 발언한 탓에 나와 시실리는 창신교가 공인하는 신의 사도와 선여가 되고 말았다.

솔직히 말해 당치도 않은 호칭이라 생각했고, 나 자신은 신의 사도고 뭣도 아니다.

그리고 사람은 모두가 똑같은 생각을 하는 게 아니다.

어떤 일이든 생각이 맞지 않아서 반대하는 사람은 반드시 있기 마련이다.

단지 이번에는 사정이 좀 달랐다.

랄프 씨는 담의 총지휘관이다.

그리고 담의 국민은 역사적 배경으로 인해 경건한 창신교도가 많았다.

아마 랄프 씨도 마찬가지이리라.

그렇다면 그 창신교의 톱인 교황 예카테리나 씨의 발언에 반대할 것 같지는 않았지만…….

"사도님을 인정하지 않을 뿐만 아니라 마인 토벌 전공을 독점하려 하다니…… 장관님께서 정말로 대체 어떻게 되신 건지……."

침통한 표정으로 그렇게 말하는 부관은 정말로 괴로워 보였다.

"아, 뭐. 절 인정하지 않는 건 딱히 상관없습니다. 솔직히 저도 과분한 칭호라고 생각했거든요."

"저, 저도요……."

시실리와 같이 그렇게 말하자 부관이 갑자기 무시무시한 기세로 말하기 시작했다.

"그게 무슨 말씀이십니까! 세계가 위기에 처한 바로 이 순간! 자비로운 주님께서 보내주신 사도님께서 세계를 구하려 하고 계시지 않습니까! 그리고 상처 입은 민중을 치유하고 사도님께 다가서는 성녀님! 이 세상에 이보다 어울리는 호칭이 또 어디 있단 말씀입니다!"

뜨거웠다.

뜨겁다 못해 후덥지근하다고요, 부관 씨.

어지간히 흥분한 건지 조금 전까지의 침울한 분위기와 달리 뜨겁게 열변을 토했다.

"하, 하으."

시실리도 그 열기에 놀라서 내 뒤에 숨어버리고 말았다.

"저, 저기 진정하세요."

"앗?! 죄, 죄송합니다!"

그제야 정신을 차린 부관이 깊이 고개를 숙여 사죄했다.

아니, 그것도 좀…….

"아, 아무튼 절 인정하지 않는 건 딱히 아무렇지도 않으니 걱정하실 필요 없어요."

"아, 예에……."

"작전 쪽도 조금 전에 말씀드렸다시피 문제없이 진행될 거예요. 결국 지시를 받는 병사들은 마인과 싸울 생각이 없잖아요?"

"그렇…… 겠군요."

"랄프 총지휘관은 좀 참아주셔야겠지만요."

"하하…… 맞습니다. 감사합니다, 사도님. 조금 마음이 편해졌습니다."

"그건 다행이네요."

"그럼 저도 이만 쉬겠습니다. 두 분께서도 편히 쉬시길."

"예, 수고하셨습니다."

"'수고하셨습니다.'"

후우.

담의 부관은 안색이 많이 회복되었다.

그건 그렇고 역시 과분한 호칭이란 말씀이야.

앞으로도 랄프 씨처럼 트집 잡는 사람이 나오려나?

딱히 내가 직접 퍼트리고 다닌 것도 아니니 솔직히 좀 참아줬으면 싶은데 말이다.

내가 그런 생각에 잠겨 있자 마리아가 방금 부관과 나눈 대화에 관한 의견을 피력했다.

"교황 예하의 결정에 반대하는 사람이 있다니 믿어지지가 않아⋯⋯."

"저, 저는⋯⋯."

마리아도 이 세계의 사람이 대부분 그렇다시피 창신교도였다.

교황 예카테리나 씨가 출진식날 방에 찾아왔을 때도 엄청 긴장했지만, 그 시선에는 경애의 감정이 고스란히 담겨있었다.

그런 교황의 말에 반대하는 사람이 있다는 게 믿을 수 없는 것이리라.

시실리도 창신교도라 비슷한 감정을 품고 있는 듯하지만, 본인은 성녀라는 호칭을 워낙 부끄러워하다 보니 뭐라 할 말이 없는 모양이었다.

"난 딱히 신경 안 써. 세상에는 그런 사람도 있기 마련이니까."

"네가 신경 안 쓰는 건 알아. 내가 마음에 안 드는 건 교황 예하의 결정에 반대했다는 부분이야."

"그것도 이해해. 뭐, 그만큼 신도로서는 받아들이기 어려운 문제라는 거겠지."

이번에는 마리아가 석연치 않은 표정을 지었지만, 여기서 더 떠들어봤자 의미는 없으리라.

내일 행군을 대비해서 우리도 이만 쉬기로 했다.

◆

　자신의 천막으로 돌아온 랄프는 강한 분노를 느끼고 있었다.

　"뭐가 자기들만 대처할 수 있다는 거냐! 애송이 주제에 시건방지게!"

　랄프는 신의 사도라는 호칭이 더 이상 퍼지지 않도록 신보다 더 큰 공적을 세우기 위해 노력해왔다.

　하지만 이번에 입수한 것은 이 상황이 단숨에 끝나버릴지도 모르는 치명적인 정보였다.

　이대로 가면 신은 마인들을 단숨에 쓸어버리고 더 큰 명성을 손에 넣고 말리라.

　어쩌지? 대체 어쩌면 좋지?

　그런 도저히 답이 나오지 않는 질문을 반복하는 사이에 머릿속이 몽롱해지기 시작했다.

　잠시 멍하니 있던 랄프는 갑자기 어떤 사실을 떠올렸다.

　"그래……. 놈보다 먼저 전공을 세우면 되는 거야……."

　그리고 혼잣말을 중얼거렸다.

　"전공을 올릴 상대가 없어졌을 때……."

　그 상황을 떠올린 랄프는 치밀어오르는 웃음을 참지 못했다.

　"크크크…… 두고 봐라, 신 월포드. 세상은 널 중심으로 돌고 있는 게 아니라고!"

　천막 안에서 랄프의 광소가 울려 퍼졌다.

그리고 그 상황을 지켜보는 자가 있었다.

"그 평민 마인들도 그렇고, 인간도 그렇고 욕망에 사로잡힌 것들은 다루기가 쉽군."

슈투름파의 마인이자, 제스트의 부하인 로렌스였다.

방금 그가 언급한 건 제대로 된 교육도 받지 못한 주제에 세계 정복이라는 분수에 맞지 않는 야망을 갖게 된 평민 출신 마인들과, 시실리를 손에 넣으려 했던 이스의 전 대사교 풀러였다.

과거에 로렌스는 그 평민 마인들을 조종하고, 풀러를 세뇌한 적이 있었다.

그리고 아무래도 이번에는 랄프의 사고를 유도한 모양이었다.

하지만 랄프의 밑바탕에 있는 것은 욕망이 아니었다.

처음부터 창신교도가 아닌 신을 절대로 신의 사도로 인정할 수 없다는 감정.

딱히 어딘가에 토로한 적 없었던 그 감정을 정확히 꿰뚫어 본 것이었다.

그리고 그 감정을 겉으로 드러내도록 유도한 것이다.

그 이유는…….

"간단히 끝내버리면 흥이 깨지실 테니 말이지."

슈투름은 인간과 마인들의 전쟁을 즐겁게 지켜보고 있었다.

딱히 결과에 관심이 있는 게 아니라 순수하게 그 상황 자체를 즐기고 있었다.

그리고 슈투름의 부하인 마인들은 자신의 몸을 바쳐서 마인이 될 정도로 그를 신봉했다.

슈투름을 위해서라면 인간 따윈 어떻게 되든 상관없었다.

이 모든 것은 오직 슈투름을 위해.

"부디 우리를 즐겁게 해달라고."

그렇게 말하고 천막을 나가려하는 로렌스의 어깨를 붙잡는 자가 있었다.

"로렌스. 다른 자들도 잊지 마라."

상관인 제스트의 등장에 로렌스는 식은땀을 흘릴 수밖에 없었다.

"아, 알고 있습니다. 지금부터 가려던 참이었습니다."

그렇게 대답한 로렌스는 랄프의 천막을 나와 사도·성녀 반대파의 천막으로 이동했다.

"……잊고 있었군."

그 뒷모습을 지켜본 제스트는 명백히 동요했던 로렌스의 반응을 놓치지 않았다.

◆

랄프 총지휘관이 나에게 비우호적인 태도를 보이긴 했지만, 행군에 영향을 미치는 일은 없었고 우리는 가끔 마물을 토벌하면서 순조롭게 이동했다.

구 제도로 향하던 진로를 도중에 변경해서 크루트 방면 연합군이 진을 친, 마인이 모여있는 도시의 근처까지 도착했다.

주변 일대는 구릉지라 확실히 도시에서는 보이지 않는 위치였다.

"매일 목소리는 들었으니 오랜만이라는 느낌은 안 드네."

거기서 우리는 며칠 만에 오그 일행과 합류했다.

"안녕, 신. 오랜만이야."

"오랜만입니다!"

"오랜만이에요."

토니 일행도 이미 도착한 상태였다.

아직 오지 않은 건 스이드의 앨리스 일행뿐이었다.

"플레이드 일행이 어제, 신 일행이 오늘이니 아마 코너 일행은 내일 합류하겠지. 행군의 피로를 고려해서 하루 쉰 다음에 공격할 예정이다."

공격이라…….

드디어 마인들과의 결전이 눈앞에 다가온 셈이다.

그러고 보니 전투가 벌어지기 전에 한 가지 확인해두고 싶은 일이 있었다.

"마인들에게 항복 권고는 할 거야?"

예상치 못한 질문이었는지 오그는 놀란 표정을 지었다.

"……내 안에서 마인은 자아가 있든 말든 마물과 동급이라 그런 생각은 해본 적 없었군. 필요할까?"

글쎄다?

어디 다른 나라 사람들에게도 한 번 물어보자.

"필요 없습니다! 놈들은 인류의 적입니다! 위협입니다! 살려두는 건 생각조차 할 수 없습니다!"

이스는 결사반대.

"딱히 필요 없지 않을까요? 애당초 저것들은 스이드 왕국을 기습해서 무차별 살인을 저지른 놈들 아닙니까? 마인이니 뭐니 하는 건 그 이전의 문제입죠."

엘스도 비슷한 의견이었고, 다른 나라들도 마찬가지였다.

놈들은 인류의 적이자, 이미 무차별 살인을 저지른 살인자 집단.

그러므로 항복 권고를 할 필요는 없다.

뭐, 나도 같은 생각이지만 말이지.

애당초 스이드를 공격했던 건 국가간의 이권 문제도 아니었고, 놈들은 스이드 시민을 즐기면서 학살했다.

그런데도 내가 이런 말을 꺼낸 건 미리 언질을 잡아두지 않으면 나중에 이걸 문제 삼을 인간이 나올지도 몰랐기 때문이다.

아무리 마인이라고 해도 원래는 인간이었으니 항복 권고를 해야 했던 게 아니냐며.

뭐, 그런 부류는 대체적으로 현장을 모르는 자들이니 어차피 금세 시민들의 항의에 묻혀버리겠지만 말이다.

아무튼 스이드 방면 연합군이 도착하기 전에 오그 일행과 협의해서 이미 작전은 어느 정도 세워두었다.

먼저 우리 열두 명이 도시를 에워싸듯 포위.

무선 통신기로 신호를 보내서 일제히 도시를 향해 마법 사격.

사격이 끝난 후에는 마인들을 도시 한복판으로 몰아넣다가 중심부에서 섬멸.

……상당히 조잡한 작전이지만, 애초에 전력이 열두 명밖에 없기도 하고, 이 정도면 충분하리라.

연합군은 도시 주위를 에워싸고 있다가 만에 하나라도 우리의 포위망을 돌파한 마인을 붙잡아두는 역할이다.

이번에도 목숨이 걸린 위험한 역할이었지만, 연합군 병사들의 눈은 결의에 불타오르고 있었다.

그리고 알스하이드군은…….

"원래대로라면 전군이 모이는 게 바람직하겠지만, 우리나라의 군대를 기다리다간 마인들에게 들킬지도 몰라."

오그는 국가의 위신보다 실익을 중시했다.

뭐, 이 녀석이라면 이렇게 나올 줄 알았지만 말이다.

"그리고 마인령내의 마물 수를 솎아내는 것도 중요한 작전 중 하나다. 우리 군에는 그쪽을 맡기기로 하지."

아무래도 작전이 시작되기 전에 도착하지 못할 것 같은 알스하이드군에는 계속해서 마인령내의 마물 소탕을 맡기기로 했다.

작전이 정해졌으니 이제 남은 건 스이드와 합류할 때까지 쉬는 것뿐이다.

연전을 거듭하느라 지친 병사들에게도 편히 쉬라고 명령했다.

각국 방면 연합군이 합류해서 친목을 다지는 가운데, 우리 쪽에도 얼굴을 비친 사람이 있었다.

"음. 오랜만이다, 신."

"아, 가란 씨. 오랜만이네요."

"역시 넌 굉장한 녀석이었군. 유명해지는 걸로 그치지 않고 전 세계적인 영웅이 되다니 말야."

"아, 아뇨. 주위에서 괜히 소란을 피우는 것뿐이지 전 그렇게 대단한 인간이 아니에요."

"겸손도 지나치면 빈정거리는 것처럼 들려. 조심해."

"하아…… 죄송합니다."

"참 나, 마검사 녀석도 그렇고 너도 그렇고 요즘 젊은이들은 참 대단해."

마검사?

"마검사라는 게 누군가요?"

"아앙? 네 동료인 토니 말이다. 마법도 쓸 수 있는 검사.

카난 방면 연합군에선 벌써 꽤 널리 퍼졌다고?"

"호오."

토니 녀석, 이런 걸 숨기고 있었다니. 나중에 놀려줘야겠다.

"그건 그렇고 긴장 같은 건 안 하나 보군. 분위기가 아주 자연스러워."

"아, 마인 자체는 별것 아니니까요. 혹시 놓칠까봐 걱정은 들지만요."

"마인이 별것 아니라니……."

실제로 그랬다.

두 번이나 놓쳤으니 이번에야말로 하나도 빠짐없이 섬멸하는 게 우리의 지상과제였다.

"거 참 믿음직하군. 그럼 잘 부탁한다. 영웅 씨."

"예. 맡겨만 주세요."

가란 씨는 그 말을 끝으로 카난 진영에 돌아갔다.

우리는 합류한 뒤에는 멤버끼리 뭉쳐서 움직였다. 자는 곳도 텐트에서 큰 천막으로 바뀌었다.

당연히 성별로 나누긴 했지만, 그만큼 공간을 넓게 쓸 수 있었다.

그래서 난 바로 이공간에 넣어둔 침대들을 꺼내서 천막 안에 설치했다.

야영지에 늘어선 침대를 본 오그가 이렇게 말했다.

"야영에 침대라니…… 끝내주게 안 어울리는군."

"그래? 그럼 넌 침대가 필요 없는……."

"피로를 풀려면 역시 침대가 최고지."

태세전환이 참 빠르다.

뭐, 마인과의 최종 결전을 앞둔 지금 충분한 휴식은 반드시 필요했다.

오그에게만 침대를 안 주는 심술을 부릴 생각은 처음부터 없었다.

"그건 그렇고 침대를 지참하다니…… 방음 마도구를 개발한 것도 그렇고 넌 야영 중에 대체 뭔 짓을 하고 다닌 거냐?"

"아무 짓도 안 했거든?!"

"그래?"

"정말임까?"

"마크랑 올리비아는 어떤데! 그쪽도 커플이면서!"

"그런 비상식적인 짓을 할 리 없잖습까."

"나도 그렇다고!"

이런 대화도 오랜만이다.

시실리와 동행한 것도 물론 좋았지만, 역시 동성 친구들과의 이런 허울 없는 대화도 즐거웠다.

나는 여성진의 천막에도 침대를 꺼내주었다.

역시 침낭으로는 피로가 잘 안 풀리는지 다들 굉장히 기뻐했다.

그렇게 내가 침대와 함께 매트리스와 이불을 꺼내는 걸

본 시실리가 어떤 사실을 깨달았다.

"신 군, 이 침구는……."

"응. 집에서 쓰던 거야."

"와아! 기뻐요!"

시실리가 특히 엄청 기뻐했다.

그러고 보니 할머니의 침대에서 이 매트리스의 효능을 체험해봤다고 했던가.

그때는 잘 수 없었지만, 이번에는 피로를 풀기 위해서라도 푹 자야만 했다.

이 침대를 쓰게 될 날을 고대했던 시실리의 신이 난 반응을 본 마리아도 침구에 관심을 보였다.

"이게 그거야? 저(低)…… 뭐시기라는 나무껍질 매트리스와 양털을 쓰지 않은 이불?"

"응, 그거."

"흐응~."

마리아는 전에 우리 집에서 쓰는 침구 이야기를 했던 걸 기억한 모양이었다.

다만, 시실리의 체험담을 전적으로 믿지는 않는 듯했다.

아무래도 이 세계의 침구는 양털이 주재료이다 보니 그걸 전혀 쓰지 않은 침구에는 신용이 가지 않는 모양이었다.

홋홋홋. 어디 한 번 써보고 그 매력에 푹 빠져보라지.

식사와 목욕을 마친 후, 시실리와 마리아는 어지간히 피곤했는지 모두와 대화를 나누는 도중에 꾸벅꾸벅 졸기 시작했다.

오그 일행도 그 침구를 시험해보고 싶다고 해서 오늘은 일찍 자기로 했다.

그리고 다음날 아침, 오그는 나에게 제발 이 침구를 팔아달라며 사정사정했다.

"침대에 누운 후의 기억이 없어. 마치 뭔가에 포근하게 감싸이는 감촉이 들어서 정신을 차려보니 아침이더군. 피로도 충분히 풀렸어. 이건 정말 훌륭해."

오오, 굉장한 절찬이었다.

"진짜 굉장했어. 난 잠버릇이 나쁜 편인데, 그 감촉은 위험해. 시실리가 했던 말을 이제야 이해하겠어. 마치 포근하게 감싸이는 것 같기도 하고, 공중에 둥실둥실 떠 있는 것만 같은……."

"그치? 내 말이 맞지?"

동료들이 침구를 칭찬할 때마다 시실리는 마치 자기 일처럼 기뻐했다.

"신 군이 만든 거니까 좋은 게 당연하죠."

아무래도 내가 만든 물건이 좋은 평가를 받는 게 기뻤던 모양이다.

"시실리는 어때? 잘 잤어?"

"예! 사실은 전에 써봤을 때도 그대로 자고 싶었지만, 그때는 할머님이 보고 계셔서…… 하지만 이번에는 실컷 만끽했어요!"

다행이다. 시실리도 만족한 것 같아서.

우리는 어제 도착했으니 아직 피곤할 텐데 지금은 둘 다 무척 쌩쌩해 보였다.

내 침구가 피로 회복에 도움이 된 모양이었다.

참고로 전원이 개인적으로 구입 신청을 했다.

한시라도 빨리 자택의 침구로 들이고 싶다면서.

다들 그렇게나 마음에 들었던 건가.

이 정도로 평이 좋다면 월포드 상회의 다음 상품으로 추가해보는 것도 나쁘지 않을 것 같다.

아, 하지만 기존 가게의 권리를 침해하게 되려나.

그럼 차라리 침구를 취급하는 공방에 아이디어를 팔아볼까?

……뭐, 그것도 일단 이번 일을 끝마치고 나서다.

나는 새로운 상품의 판매 전략을 고민하거나, 마인이 모였다는 도시의 상황을 확인했다.

도시에서 마인이 나올 낌새는 없어 보여서 느긋하게 피로를 풀고 있자, 오후가 지나 스이드 방면 연합군 일부가 합류했다.

"아…… 피곤해……."

"몸이 비틀거려."

"목욕하고 싶어~."

늘 기운이 넘치는 앨리스가 축 늘어져 있었다.

린도 조금 비틀거렸다.

유리는 땀과 먼지투성이라 목욕하고 싶다면서 투덜댔다.

다들 많이 지쳐보였다.

사정을 묻자, 조금이라도 일찍 합류하려고 아침부터 상당히 강행군을 한 모양이었다.

아무튼 합류를 최우선으로 이동하다 보니 마인 토벌을 맡은 인원은 도중에 두고 왔다고 한다.

그런 앨리스 일행에게는 식사와 목욕과 내가 만든 침대를 제공하기로 했다.

잠시 후 그녀들은 여성용 천막에 마련된 침대에 눕자마자 바로 잠이 들었다고 한다.

물론 난 그 안에 들어갈 수 없으니 시실리를 통해 들은 이야기였다.

낮에 잠들어서 밤에 우리가 잠들기 전에 깬 그녀들도 역시 이 침구를 팔아달라고 애원했다.

이 정도로 반응이 똑같은 걸 보아하니 진심으로 상품화를 고려하는 편이 좋을 것 같다.

한잠 자고 기력을 회복한 앨리스 일행도 합류한 것으로 마침내 얼티밋 매지션즈가 전원 집결했다.

정찰 부대의 보고에 따르면 마인 쪽에 별다른 움직임은 없는 것 같으니 앨리스 일행을 내일 하루 더 쉬게 한 후 최종 결전에 돌입하기로 했다.

세계의 운명이 우리의 두 어깨에 걸린 셈이다.

이제부터는 가벼운 행동도 삼가자.

하지만 우리가 새롭게 그런 결의를 다진 차에 앨리스가 이런 말을 꺼냈다.

"낮잠 자서 잠이 안 와~. 수다라도 떨자~."

……가벼운 행동도 삼가자!

◆

전원 집결한 후 하루를 더 쉰 얼티밋 매지션즈는 마침내 마인과의 최종결전을 맞이했다.

연합군의 병사들은 마인과 직접 싸우지는 않지만, 만에 하나라도 신 일행의 포위망을 돌파한 마인이 있을시 저지하는 역할을 맡게 되었다.

좋든 싫든 결전을 앞에 두고 긴장감이 고조되었다.

그런 가운데 담의 천막에는 어떤 인물들이 모여 있었다.

"장관님. 드디어 저희에게도 운이 돌아왔군요."

"그렇습니다. 모처럼 마인들을 눈앞에 두고 느긋하게 휴식이나 취하다니, 역시 학생들이라 생각이 짧은 모양입니다."

"후후, 나도 안다. 하지만 조바심은 금물이다. 우리에게 일부러 시간을 제공해줬으니 이런 좋은 기회를 놓칠 수는 없지."

담 왕국 총지휘관 랄프 포트만과 그의 생각에 동조하는 신의 사도·성녀 반대파였다.

원래 군사회의를 열기 위해 지어진 이 넓은 천막 안에는 수십 명에 달하는 인간이 모여 있었다.

그들의 눈에는 지금 눈앞에 있는 마인들이 공적을 세우기 위한 사냥감으로밖에 보이지 않았다.

더구나 그 사냥감들은 자신들의 존재를 전혀 눈치채지 못하고 있었다.

랄프 일행은 교황인 예카테리나가 신을 신의 사도라고 공표한 건 전부 인류에 희망을 주기 위해, 전대미문의 위기 앞에서 등장한 신의 사도의 존재를 통해 민중을 안심시키기 위한 것이라 생각했다.

그래서 랄프 일행은 신의 힘에 의지하지 않고 자력으로 마인을 토벌하면 교황도 그 선언을 취소해줄 것이라 믿었다.

사실 예카테리나가 출진식에서 그런 선언을 한 것 자체는 랄프 일행이 추측한 것과 거의 비슷한 이유에서였다.

신의 사도 선언을 통해 민중이 희망을 갖게 하고, 쓸데없는 혼란이 생기는 것을 막기 위해서였다.

결과적으로는 신을 정치적으로 이용한 것이라 판단한 멜리다에게 호되게 혼이 나는 결말을 맞이했지만 말이다.

아무튼 확실히 인류의 힘으로 대처할 수 있는 사안이 된다면 신을 신의 사도라 선언할 필요는 없었다.

그래서 랄프 일행은 신 일행보다 먼저 움직여서 마인을 토벌하기로 결단했다.

"잘 듣도록. 내일 밤은 다음날 마인들에게 총공세를 가하기 위해 일찍 수면을 취하기로 정해졌다. 우리는 그 틈에 움직이는 거다."

"""""오오……."""""

랄프의 선언에 이 자리에 모인 모두가 탄성을 흘렸다.

그 목소리에 담긴 건 기대감과 선망이었다.

그들의 귀에 랄프의 작전은 그야말로 완벽할 뿐만 아니라 자신들의 소원을 이루어줄 복음처럼 들렸다.

이 순간, 그들의 사고가 한쪽으로 편향되며 착각에 사로잡혔다.

―마치 우리의 소망을 이룬 것 같은 상황이 눈앞에 펼쳐졌다.

―신은 우리를 위해 이런 기회를 내려주셨다.

―신의 사도라 불리는 자보다 우리의 편을 들어주셨다.

―역시 신의 사도 따윈 존재하지 않았다.

―그 사실을 우리가 증명해야만 한다.

―신은 우리에게 마인을 토벌하라 말씀하셨다.

―우리야말로 신께서 인정하신 인간들이다.

광신(狂信).

그들의 눈동자에 떠오른 건 바로 그런 착각이었다.

하지만 그들 중에는 단 한 사람, 예외가 존재했다.

랄프의 부관이었다.

"포트만 장관님, 그렇다면…… 구체적인 토벌 방법은 어떻게 하실 겁니까."

부관은 이중에서 유일한 신의 사도·성녀 반대파가 아니었다.

랄프의 부관이라 늘 같이 다니는 것뿐이지 그의 생각에 찬동한 건 아니었다.

그것은 며칠 전에 신과 나눈 대화로도 증명되었다.

현재 대중 사이에서는 신 일행이 너무나도 쉽게 마인들을 해치운 탓에 어떤 잘못된 인식이 퍼지고 있었다.

그것은 바로 『마인이 약하다』는 인식이었다.

마인이 마인령에서 나와 다른 나라를 침공한 건 단 두 번.

그 두 번 모두 신 일행에게 격퇴당하고 말았다.

더구나 얼티밋 메지션즈에는 아무런 피해도 없다는 게 아닌가.

그 결과, 세간에는 마인이 사실 별것 아니라는 인식이 퍼지고 말았다.

신은 전부터 이런 사태가 벌어지는 것을 우려했지만, 국가의 수뇌부는 오히려 이 상황을 이용했다.

그 이유는 절망에 빠진 인간이 폭동이나 약탈 같은 예측할 수 없는 행동을 저지르는 걸 막기 위해서였다.

인류의 미래에 기다리는 건 절망밖에 없다는 오해가 확산된다면 폭도로 변한 민중에 의해 나라가 혼란에 빠질 가능성이 있었다.

  그래서 각국 수뇌부는 대중 사이에 퍼진 『마인은 약하다』는 오해를 적극적으로 해명하지 않았다.

  마인은 충분히 쓰러트릴 수 있는 상대이니 절망할 필요는 없다. 그러므로 평소와 다름없는 생활을 영위하라는 의도에서였다.

  그 결과, 대중이 장래를 비관하는 일 없이 사회는 안정되었다.

  여기까지는 수뇌부의 계산대로였다.

  하지만 예상치 못한 곳에 함정이 있었다.

  그것은······.

  "무얼, 여태까지 놈들이 한 행동을 보면 오합지졸일 가능성이 커. 야음을 틈타면 쉽게 토벌할 수 있을 거다!"

  담 왕국 사령장관인 랄프까지 그 잘못된 인식을 믿어버린 것이다.

  스이드나 크루트와 달리 담과 카난은 마인의 공격을 받은 적이 없었다.

  그래서 마인이 구체적으로 얼마나 강한지 알지 못했다.

  하지만 군의 수장인 랄프에게라면 신 일행이 아는 정보도 전달됐을 터.

"하지만…… 재해급보다 강하다는 이야기는……."

"흥! 그딴 건 놈들이 멋대로 지껄인 소리일 뿐! 아마 우리들의 참전을 막아서 자신들의 공적을 늘리려는 속셈이었을 거다."

그렇다. 바로 마인은 재해급보다 강하다는 정보였다.

하지만 실제로 마인의 힘을 본 적 없는 랄프는 신 일행이 전공을 독점하기 위해 날조한 정보라고 단언했다.

물론 그 주장에도 근거는 있었다.

"그 증거로 크루트 왕국은 단 한 명의 인적 피해도 내지 않았다고 하더군."

마인이 크루트 왕국을 습격했을 당시의 인적 피해는 제로였다.

그 정보를 근거로 랄프는 신 일행의 정보가 거짓이라 단언한 것이다.

하지만 부관은 동의할 수 없었다.

랄프가 일부러 언급하지 않았을 뿐이지 마인의 습격 사례는 하나가 아니었다.

"하지만 스이드 왕국에서는 다수의 희생이……."

"아마 기습에 제때 대처하지 못했던 거겠지. 그때도 놈들이 간단히 격퇴했다더군. 사실 마인 따윈 대수롭지 않은 상대였던 거다."

스이드 왕국은 경계를 게을리 하지도 않았고, 신이 만든 방어 마도구로 마인의 첫 공격을 막아내기까지 했었다.

기습을 받은 게 아니라 충분히 방비를 했음에도 방어망이 뚫리는 바람에 큰 피해를 내고 만 것이다.

일군의 수장인 랄프라면 당연히 당시의 자세한 정보도 접했을 터.

그런데도 랄프는 그 정보를 자기 입맛에 맞게 해석해서 마인은 자신들의 힘으로도 토벌 가능한 약한 존재라고 철썩같이 믿어버렸다.

부관은 그 언동에 위기감과 위화감을 느꼈다.

뭔가가 이상했다.

얼마 전까지의 랄프였다면 이렇게까지 허술할 리 없었다.

스이드 왕국과 크루트 왕국의 피해 상황에 큰 차이가 난 이유를 자세히 조사해서 스스로 판단했을 터.

그런데도 지금은…….

이대로면 위험하다고 판단한 부관은 어떻게든 랄프를 말리려 했다.

"하지만 장관님!"

"에잇, 시끄럽다! 아까부터 내가 내린 판단에 부정적인 대꾸만 하다니! 네놈은 창신교의 가르침에 등을 돌릴 셈이냐?!"

창신교의 가르침.

그게 대체 지금 이 상황과 무슨 관계가 있다는 것일까.

창신교의 가르침이란 간단히 요약하면 선행을 쌓으면 사

후에 신의 곁에 갈 수 있으니 악행을 저지르지 말고 착한 사람이 되라는 것이다.

랄프의 뜻을 거스르는 것과 창신교의 가르침은 아무런 관계도 없었다.

그 발언과 심상치 않은 랄프의 눈을 본 부관은 확신했다.

랄프는 지금 제정신이 아니다.

자신은 신의 대행자이므로 자신의 행동에 반대하는 자는 모두 배교자라 믿고 있었다.

이건 위험했다.

현재 이들에게는 정상적인 판단력이 작동하지 않았다.

어떻게든 막지 않으면 돌이킬 수 없는 사태로 발전할지도 몰랐다.

이 순간, 부관은 이들을 막겠다는 결심을 세웠다.

그리고 저번과 마찬가지로 천막 안을 살피던 제스트가 옆에서 비지땀을 흘리는 로렌스에게 말을 걸었다.

"로렌스……."

"아, 예."

안쪽에 들리지 않도록 작은 목소리였다.

로렌스를 쳐다보는 제스트의 눈에는 비난하는 기색이 서려 있었다.

"너, 저 인간의 사고를 유도하는 걸 잊었군?"

"아, 아하하. 그게, 당시에는 저 녀석이 없어서……."

당시라는 건 랄프가 신에게 폭언을 내뱉고 먼저 천막을 나왔을 때였다.

그때 로렌스는 랄프의 천막에서 그의 정신을 조작했지만, 부관은 신 일행과 대화를 나누느라 그 자리에 없었다.

"……뭐, 됐다. 어떤 결과가 될지는 몰라도, 그건 그것대로 볼 만할 테니까."

"가, 감사합니다."

자신의 미스를 못 본 척 넘어가주려는 듯해서, 로렌스는 안도의 한숨을 내쉬었다.

"다만."

"예?"

"다음 기회는 없다."

"아, 예!"

실은 못 본 척 해준 게 아니었다.

◆

앨리스 일행, 스이드 방면 연합군이 합류한 다음날은 전군이 휴식을 취했다.

내일로 다가온 최종 결전을 대비해서 조금이라도 피로를 회복하기 위해 훈련조차 하지 않았다.

그나마 쉬지 않는 건 각국의 합동 정찰 부대와 식사와 텐트 관리를 맡은 비전투원들뿐이었다.

"아, 신 군. 안녕히 주무셨어요."

"좋은 아침, 시실리."

아침에 일어나서 천막을 나오자 시실리가 남성용 천막과 여성용 천막의 중간 지점에 있는 의자에 앉아서 차를 마시고 있었다.

"신 군도 마실 건가요?"

"흠, 주면 고맙지."

"그럼 타올게요."

그렇게 말한 시실리는 능숙하게 차를 타왔다.

"자, 여기요."

"고마워."

아직 쌀쌀한 시간대라 따스한 차가 온몸에 스며드는 기분이었다.

나도 모르게 한숨이 새어나왔다.

"후우…… 속이 따뜻해지는걸."

"후후, 아침식사 시간까지 아직 여유가 있으니 좀 더 느긋하게 쉬세요."

"응."

아침의 평화로운 한때.

잠에서 깨자마자 시실리가 타준 차를 마실 수 있다니.

아아, 행복해…….

"결전을 코앞에 두고 꽤 여유가 넘치는군."

차를 마시면서 멍하니 앉아 있자, 오그도 천막에서 나왔다.

"안녕히 주무셨어요, 전하. 전하도 차 드시겠어요?"

"그래, 부탁하지."

"예."

오그를 본 시실리가 다시 차를 탔다.

이런 세심한 부분도 참 호감이 간단 말이지.

"얼굴이 칠칠맞게 풀어졌군. 참 나, 좀 더 긴장감을 가질 수는 없는 거냐?"

"벌써 긴장하면 몸이 못 버텨. 쉴 수 있을 때 쉬어야지."

"그건 그렇다만…… 음, 고맙다."

"아뇨, 별말씀을."

오그와 이야기를 하고 있자 시실리가 찻잔을 건넸다.

차를 한 모금 마신 오그도 한숨을 내쉬더니 몸에서 힘을 뺐다.

"후우…… 아침에 일어나자마자 따뜻한 차를 마시면 몸이 눈을 뜨는 것 같은 느낌이 드는군."

"그치? 작전 개시는 아직 하루 남았으니 지금은 긴장을 풀고 쉬는 편이 나아."

"……하긴 그렇겠군. 마인들이 눈치챌 우려가 있어서 마력도 쓸 수 없으니 일단 푹 쉬도록 할까."

시실리가 타준 차를 마시고 긴장이 풀린 건지 오그도 의자에 편히 앉았다.

왠지 이렇게 느긋하게 쉬는 것도 참 오랜만인 것 같다.

사실 마인령 공략 작전이 시작된 지 그리 오랜 시간이 지난 건 아니었다.

다만, 그동안은 줄곧 야영을 하는 데다 상시 기습을 대비한 완전 긴장 상태였다.

하지만 며칠 동안 편안한 침대에서 자면서 푹 쉰 덕분에 이제야 좀 긴장감이 풀린 듯한 기분이 들었다.

"뭐, 그렇다고 해서 완전히 정신을 놓고 있지는 마. 막상 전투가 벌어졌을 때도 그런 상태면 문제가 커."

"알고 있어."

"정말로 아는 거냐? 조금 전의 신혼부부 같은 분위기를 봐선 솔직히 좀 걱정이 된다만."

"응? 그건 또 뭔 소리야?"

"시, 신혼부부……."

정신을 완전히 놓지 말라는 건 알겠지만, 신혼부부 같은 분위기라는 건 뭐지?

조금 전에 시실리와 나눈 대화?

그러고 보니…….

확실히 신혼부부 같은 느낌이었네.

그 사실을 실감한 순간, 갑자기 얼굴이 달아오르기 시작했다.

시실리는 이미 새빨개진 상태였다.

"천막을 남녀별로 나누길 잘했군. 개인 텐트였다면 대체 무슨 짓을 했을지……."

"아무것도 안 해!"

"하으으."

"하암…… 아침부터 왜 이리 소란스러운 거야?"

아침 댓바람부터 오그가 우리를 놀리는 사이에 잠에서 깬 마리아가 천막에서 나왔다.

"아, 마, 마리아도 차 마실래?"

"어? 아, 응. 마시긴 하겠는데…… 그보다 시실리. 너 얼굴이 빨갛다?"

"아, 아무것도 아니야! 금방 타 올게!"

"아, 응."

시실리가 새빨개진 얼굴을 감추려는 듯 차를 타러 가버리자 마리아가 당황했다.

그 후에도 하나둘씩 잠에서 깼지만, 어제 도착한 멤버들은 좀처럼 일어나질 않았다.

그리고 마침내 앨리스가 천막에서 나왔다.

"하암…… 좋은 아침……."

"응, 좋은 아침이야. 앨리스. 잘 잔…… 것 같지는 않네."

잠이 덜 깬 눈을 손등으로 문지르고 머리가 눌린 상태인 앨리스는 언젠가 교실에서 본 핑크색 잠옷 차림이었다.

"아으으…… 어제 낮잠을 잤더니 밤에 잠이 잘 안 왔어……"

"그건 어쩔 수 없지. 그런데 그건 안 갈아입어도 돼?"

전에 잠옷 차림으로 교실에 왔을 때는 부끄러워하면서 바로 갈아입으러 돌아갔었지만, 오늘은 그대로 테이블 위에 엎드렸다.

"그때는 교실이라 창피했던 거야. 오늘은 교실도 아니고 다들 잠옷 차림이잖아?"

"어? 아니, 그건……"

다들 잠옷 차림?

내가 의아해한 순간, 남은 두 사람도 천막에서 나왔다.

"좋은 아침."

"다들, 잘 잤어~?"

린과 유리는 평상복이었다.

옷을 갈아입느라 늦게 나온 모양이었다.

그런 두 사람을 본 앨리스는 서서히 잠이 깬 얼굴로 황급히 주위를 둘러보았다.

다들 평상복 차림이었다.

앨리스만 제외하고.

"냐……."

"냐?"

"냐아아아아!"

자신만 잠옷 차림인 게 갑자기 부끄러워진 건지 기묘한 비명을 지르며 천막으로 달려 들어갔다.

그 광경에 다들 무심코 웃음을 터트렸다.

아아, 이제야 일상이 돌아온 것 같은 기분이 든다.

잠시 후 옷을 갈아입고 나온 앨리스는 뺨을 부풀렸다.

"다들 평상복을 입을 거면 미리 말해 달라구! 또 나만 부끄러운 꼴을 당했잖아!"

어?

그건 우리한테 화를 낼 일이 아니지 않나?

"코너는 긴장을 풀어도 너무 풀었어. 여긴 너희 집 거실이 아니야. 주위에는 병사들도 있으니 옷을 갈아입는 게 당연하지."

"예에……."

오그가 잔소리를 하자 앨리스는 입술을 삐죽 내밀었다.

곰곰이 생각해보면 이건 참 굉장한 광경이었다.

왕태자인 오그가 평민인 앨리스에게 잔소리를 하는데 당사자는 입술을 내민 채 언짢아하는 모습.

다른 나라에서는 절대로 볼 수 없는 광경이리라.

이런 것도 다 우리 멤버들끼리라 가능한 일이겠지.

이렇게 해서 전원이 기상했지만, 딱히 할 일도 없었기에 그대로 쉬면서 하루를 보냈다.

내일 작전 결행 시각은 동 트기 전.

기상 시각은 그보다 이른 심야였다.

그래서 밤에 일찍 자야하니 오그가 낮잠은 절대로 자지 말라는 엄명을 내렸다.

특히 앨리스에게.

전날 낮잠을 잔 탓에 밤에 거의 못잔 앨리스 일행은 겨우겨우 버텼지만, 저녁쯤에는 눈이 풀린 상태로 꾸벅꾸벅 졸았다.

그래서 다들 이른 저녁과 목욕을 마친 후 일찍 침대에 누워서 잠을 청하기로 했다.

그리고 그 잠에서 깬 것은 예정보다 이른 시간대였다.

제4장   전설의 영웅

천막 밖에서 울려 퍼지는 고성.

기사들이 덜그럭거리며 돌아다니는 소리에 나는 강제로 기상했다.

바깥 분위기가 왠지 이상했다.

동시에 일어난 오그와 시선을 마주친 후, 서둘러 옷을 갈아입고 밖으로 나왔다.

그 순간, 우리가 본 것은 분주히 돌아다니는 병사들의 모습이었다.

같이 밖으로 나온 오그가 병사 중 한 명을 불러 세워서 사정을 캐물었다.

"이봐! 대체 무슨 일이지?!"

하지만 돌아온 것은 최악의 대답이었다.

"마인이! 마인들이 움직이기 시작했습니다!"

뭐어?! 마인들이 움직였다고?!

"그게 무슨 소리지?! 조금 전까지…… 우리가 잠들기 전까지만 해도 전혀 움직일 기색이 없었건만!"

오그의 말대로였다.

우리도 실제로 마인이 거점으로 삼은 도시에 정찰을 다녀왔다.

그때 마인들이 보인 행동은 도시를 마음껏 파괴하며 쌓인 울분을 해소하는 것뿐이었다.

어쩌면 보이지 않는 곳에서 뭔가 일을 꾸미는 게 아닐까 싶어서 마력을 조사해봤지만, 전부 도시 곳곳에 흩어져 있었다.

통솔된 모습이라곤 눈곱만큼도 보이지 않았다.

그랬던 녀석들이 우리가 공격을 시작하기 전에 움직였다고?

도무지 영문을 알 수가 없다.

그러자 병사가 예상치 못한 말을 꺼냈다.

"모, 모르겠습니다! 도시 쪽에서 전투음이 들리나 싶더니 곧 폭발이 일어났고…… 그 후에 마인들이 도시의 한 지점에 모이기 시작했다고 합니다!"

"전투음?! 설마 누가 먼저 공격한 건가?!"

"그, 그건 모르겠습니다!"

두 사람의 대화를 듣고 마침 뭔가가 번뜩 떠올랐다.

그러고 보니 마인 토벌로 공적을 세우려고 눈이 벌게진 인간이 한 명 있었을 터.

"담의 지휘관은?! 랄프 씨는 어디 있지?!"

"담의 지휘관?"

"응, 담의 병사한테 듣기로는 지휘관인 랄프 씨가 마인을 토벌한 공적을 욕심냈다고 했어. 그때는 설마했지만……."

그때는 랄프 씨의 명령을 따를 사람이 없을 거라고 판단했는데 설마 그런 멍청이들이 정말로 있었던 거야?

제길!

말도 안 된다고 생각했던 일이 실제로 일어나고 말았다!

아무튼 마인이 달아나기 전에 어떻게든 해야 해!

시끄러운 소리를 듣고 시실리를 비롯한 다른 멤버들도 전부 천막에서 나왔다.

이번에는 앨리스도 제대로 전투복을 입고 있었다.

다들 모인 것을 확인하고 도시 쪽을 향해 날아가려고 하자, 오그가 병사에게 다른 명령을 내렸다.

"넌 담의 천막에 가서 진상을 파악해! 우리는 먼저 도시로 향하마!"

"아, 알겠습니다!"

여기 있는 병사는 알스하이드병이 아니었다.

아직 아무도 도착하지 않았기 때문이다.

그렇다면 아마 타국의 병사겠지만, 오그의 박력에 압도된 건지 그대로 담의 천막을 향해 달려갔다.

"시간이 아깝군, 신! 부유 마법으로 도시까지 날아가자!"

"알았어!"

내가 부유 마법을 발동해서 모두를 공중에 띄우자 저마다 바람 마법으로 가속하기 시작했다.

마지막 중요한 순간에 설마 이런 일이 벌어질 줄이야······.

나는 마인들이 아직 도시에서 나오지 않았기를 빌면서 하늘을 날아갔다.

◆

아우구스트에게 명령을 받은 병사는 먼저 이스의 지휘관을 찾아갔다.

천막을 조사하고 싶어도 상대는 일국의 지휘관이었기 때문이다.

일개 병사에게는 짐이 너무 무거웠다.

그래서 담의 정신적인 종주국인 이스의 총지휘관에서 허가를 받으려 했다.

병사의 보고를 받은 이스의 총지휘관은 먼저 자신의 귀를 의심했다.

"뭐라고?! 담의 랄프 지휘관이?!"

"아우구스트 전하께선 그렇게 말씀하셨습니다만······."

"알았다. 전하의 생각이라면 분명 뭔가 근거가 있었겠지. 이봐! 서둘러 담의 천막으로 간다!"

이스의 총지휘관은 부하 몇 명을 데리고 담의 지휘관용 천막으로 향했다.

하지만 그 천막은 주변이 이토록 소란스러운 데도 입구를 닫은 채 부자연스러운 정적에 잠겨 있었다.

"이보게! 랄프 지휘관! 입구를 열어주게!"

이스의 지휘관이 입구 앞에서 외쳤지만, 아무런 반응도 없었다.

이미 천막 앞에 서 있던 담의 병사들도 당혹스러워하는 분위기였다.

"이봐! 자네들의 지휘관은 대체 어떻게 된 건가!"

"그, 그게…… 아무리 불러도 아무도 나오지 않아서……."

"뭐라고?!"

이스의 지휘관은 아우구스트의 추측이 옳았음을 확신했다.

"이보게! 랄프 지휘관! 안에 있는 건가?!"

다시 큰 소리로 외쳐도 대답은 없었다.

"들어가겠네!"

더는 한시의 여유도 없다고 판단한 이스의 지휘관은 한마디 양해를 구하고 안으로 진입했다.

그 순간.

"윽!"

"이, 이건?!"

그들이 가장 먼저 느낀 건 숨 막힐 듯한 피비린내였다.

그리고 그 발생원을 찾아서 천막 안을 살피자 명백히 누군가에게 살해당한 병사들의 시신이 참혹한 상태로 방치되어 있었다.

그 안에 랄프의 모습은 없었다.

"이건…… 대체 무슨 일이 있었던 거지?"

이스의 총지휘관이 혼잣말을 하자 그의 부관이 반응했다.

"그건 모르겠습니다만…… 랄프 지휘관이 부재중인 건 사실입니다. 일단 저희가 일시적으로 담의 지휘권을 맡아야 할 것 같군요."

사건의 진상을 알고 있을 랄프의 모습은 어디에도 없었다.

여기서 더 미적거릴 수는 없다고 판단한 이스의 총지휘관은 부관의 조언을 받아들이기로 했다.

"그렇군. ……이 일의 진상은 나중에 해명하도록 하지. 마인 토벌을 최우선 목표로 담의 지휘권은 일시적으로 우리 이스가 맡겠다. 담 측에는 그렇게 전하도록!"

"예!"

"그건 그렇고…… 대체 왜 이런 곳에 시체가……."

담의 지휘관용 천막에 시신이 몇 구나 방치된 이유는 대체 무엇일까.

……때는 몇 시간 전으로 거슬러 올라간다.

작전대로 신 일행이 움직이기 전에 진지를 빠져나와서 마인을 치기로 한 랄프 일행은 주위의 의심을 사지 않도록 저녁쯤부터 조금씩 천막으로 모여들었다.

그리고 전원이 모여서 행동을 일으키려는 순간, 한 사람이 발언을 시작했다.

"기다려주십시오, 랄프 님. 역시 이 행동은 멈추셔야 합니다."

랄프의 부관이었다.

그는 어떻게든 랄프를 저지하려고 모두가 모이는 이 타이밍을 기다렸다.

훨씬 전부터 설득했으면 좋았을지도 모르지만, 가령 랄프를 설득한다 해도 마인을 토벌해서 공적을 올리려는 자는 그뿐만이 아니었다.

고작 한 명을 설득해봤자 의미가 없는 것이다.

그래서 전원이 모인 이 타이밍에 다시 이의를 제기했다.

만약 설득에 실패한다고 해도 여긴 튼튼한 벽으로 둘러싸인 건물 안이 아니었다.

얇은 천으로 가린 천막에 불과했다.

큰 소리를 지르면 주위의 병사들에게 얼마든지 알릴 수 있었다.

직속상관을 포박하는 건 내키지 않지만, 이번 일은 고작한 나라와 개인의 문제로 그칠 일이 아니었다.

인류라는 종의 존속이 걸린 문제였다.

하지만 그 행위는 랄프의 역린(逆鱗)을 건드렸다.

마침내 신에게 선택된 자신들이 성전을 개시하려는 타이밍에 훼방을 놓은 부관이 랄프의 눈에는 마치 악마처럼 보이기 시작했다.

"뭐라고?! 네놈, 창신교의…… 신의 뜻을 거역하려는 거냐?!"

자신들의 행동이 신의 뜻에서 비롯된 것이라 굳세게 믿는 랄프는 부관을 증오스러운 눈으로 노려보았다.

그 광기 어린 시선에 부관은 한순간 몸을 움츠렸지만, 이윽고 용기를 쥐어짜 내서 랄프에게 진언했다.

"그런 게 아닙니다! 하지만 전 이런 행동의 신의 뜻이라 생각지 않습니다!"

"뭐, 뭐라고……?!"

부관에게 자신의 존재 의의를 부정당한 랄프는 분노한 나머지 몸을 떨었다.

"성직자가 아닌 인간이 신의 사도나 성녀로 불리는 것에 납득하지 못하시는 건 저도 이해합니다! 하지만! 그것과 이건 별개의 문제가 아닙니까!"

"……."

랄프는 너무 화가 나서 말이 나오지 않았다.

하지만 부관은 그 행동이 자신의 발언에 귀를 기울여준 것이라 착각한 모양이었다.

"좀 더 냉정하게 생각해보십시오! 교황 예하께선 전 세계의 민중 앞에서 신 님이야말로 신의 사도라 선언하셨습니다! 그런데 정말로 이제 와서 그 발언을 철회할 수 있다고 생각하시는 겁니까?!"

부관의 발언에 몇 명이 동요하는 기색을 보였다.

"만약 그런 일이 벌어진다면, 교황 예하께서 만천하에 선언하신 말씀이 거짓부렁이 되고 맙니다! 예하께서 그런 권위에 흠집이 날 만한 일을 하실 수 있을 리가 없지 않습니까!"

부관은 랄프가 아무리 큰 공적을 세워도 교황이 선언을 취소할 리 없다고 호소했다.

교황 예카테리나가 신을 신의 사도라고 선언한 이유는 랄프의 추측이 옳았다.

그리고 부관의 말대로 이제 와서 그 선언을 취소하는 건 불가능한 일이었다.

부관은 랄프가 입을 다문 것을 보고 자신의 설득이 어느 정도 먹혔다고 느꼈다.

그리고 부관의 말을 듣고 그제야 정신을 차린 몇 사람이 저마다 입을 열기 시작했다.

"마, 맞아. 교황 예하께서 직접 선언하신 거였잖아? 그걸 이제 와서 취소할 수 있을 리 없어."

"어째서 우리는 마인을 토벌하면 예하께서 선언을 취소해 주실 거라고 생각한 거지……?"

"모르겠어……. 머릿속에 안개가 낀 것 같아……."

병사들 중에서도 이성을 되찾은 자들이 있었다.

그것을 본 부관은 이제야 겨우 랄프도 사태를 정확히 파악했기에 고개를 숙인 채 입을 다문 게 아닐까 싶어서 기대 섞인 눈빛을 보냈다.

하지만 그건 오판이었다.

랄프가 고개를 숙인 건 속이 터질 정도로 화가 치밀었기 때문이었다.

입을 다문 건 분노로 이를 악물었기 때문이었다.

그리고 랄프는 고개를 숙인 채 겨우 입을 뗐다.

"알았다. ……이젠 됐다."

"랄프 님!"

부관은 랄프가 마침내 이 무모한 작전을 포기했다고 생각했다.

하지만 이어진 말을 듣고는 그 자리에서 얼어붙을 수밖에 없었다.

"이제…… 너희는 필요 없어."

"라, 랄프 니…… 커헉!"

부관은 말을 끝까지 할 수 없었다.

랄프의 말을 들은 몇 명의 병사가 사방에서 검으로 몸을 찔렀기 때문이다.

부관은 갑자기 엄습한 격렬한 통증과 뒤에서 자신의 몸을 뚫고나온 검을 본 후에도 상황을 미처 받아들이지 못했다.

"라, 랄프 님…… 대, 대체 이게 무슨……."

입에서 피를 토하며 물었지만, 랄프는 마치 오물이라도 보는 것 같은 눈으로 노려볼 뿐이었다.

"말했을 텐데. 넌 필요 없다고."

"그, 그럴 수가……."

"신의 뜻을 거역했을 뿐만 아니라, 신의 사도인 우리의 행동을 방해하려고 한 너는 이단자다."

부관은 뭐라 반박하고 싶었지만, 몸에 틀어박힌 검들 때문에 더는 말을 할 수 없었다.

결국 그는 랄프를 막지 못한 채 숨을 거두고 말았다.

그리고 차가운 눈으로 부관의 최후를 지켜본 랄프는 조금 전에 이성을 되찾은 자들을 돌아보며 무정한 명령을 내렸다.

"해치워."

병사들은 신속하게 대응했다.

예상치 못한 사태에 몸이 굳어버린 병사들은 다가오는 흉기에 저항하지 못했다.

"자, 잠깐…… 아아악!"

"히익! 쿠흡!"

"사, 살려……."

어떤 자는 대각선으로 베였고, 어떤 자는 검에 몸이 꿰뚫렸으며, 어떤 자는 목이 날아갔다.

이렇게 해서 랄프를 막을 수 있는 최후의 보루였던 부관들은 책무를 완수하지 못한 채 모두 숨을 거두고 말았다.

오랫동안 자신을 보좌해온 부관을 분노에 몸을 맡긴 채 무참하게 살해했지만, 랄프는 털끝만큼도 후회하지 않았다.

오히려 신의 사도인 자신들의 화려한 출진식을 방해하려

한 부관의 시신을 증오가 담긴 눈으로 노려보았다.

"칫! 출진 전에 재수가 옴 붙었군. ……뭐, 됐다. 다들, 가자."

아무래도 이성을 되찾은 건 방금 세 사람뿐이었는지 남은 자들은 모두 흐리멍덩한 눈으로 랄프의 뒤를 따랐다.

◆

"……세뇌가 풀렸군."

"……풀렸네요."

상황을 지켜보던 제스트와 로렌스는 도중에 세뇌가 풀린 자들이 나오자 크게 당황했다.

하지만 예상외로 폭주한 랄프가 모조리 죽여 버린 덕분에 간신히 상황이 수습됐다.

"저걸 담당한 건 누구지?"

"그게…… 죄송합니다. 수가 너무 많아서 잘 모르겠습니다."

"그런가. ……이번에는 어떻게 잘 무마됐지만, 이 문제는 시급히 대처하지 않으면 위험하겠어."

"예. 도중에 세뇌가 풀리면 작전이 물거품이 될 가능성이 있으니까요."

방금 일어난 돌발 상황을 본 제스트는 이번 작전이 끝난 후, 아무래도 부하들을 어딘가에서 재훈련시킬 필요성이 있다고 느꼈다.

◆

　랄프의 행동에 반대했던 부관을 처리한 광신도 집단은 더 이상 거리낄 것이 없었다.

　그리고 모두가 잠이 들어서 경비가 느슨해진 틈을 타 행동을 개시했다.

　사실 들키지 않고 아군의 진지를 빠져나가는 건 그리 어려운 일이 아니었다.

　이 진지는 마력 차단 마도구의 연결 부위에 2인 1조의 불침번을 세웠지만, 이건 두 사람이 동시에 주위를 경계하는 게 아니라 한 사람씩 교대로 쉬는 방식이었다.

　불침번의 역할은 물론 진지 밖에서의 침입을 경계하는 것도 있지만, 마력 차단 마도구에 마력을 공급하는 마도구를 유지하는 역할도 있었다.

　도중에 교대하지 않고 밤새 마력을 공급했다간 몸이 버티지 못할 테니 2인 1조가 된 셈이다.

　그리고 애초에 진지를 빠져나가려는 자들의 존재는 전혀 상정하지 않았기 때문에 랄프 일행은 불침번의 눈을 피해 수월하게 진지를 빠져나왔다.

　그리고 그 50명 정도의 집단은 바로 마인들이 모인 도시로 향했다.

정찰부대의 보고로 도시에 파수꾼이 전혀 없다는 건 이미 확인된 사항이었다.

도시에 도착하자 성벽은 마인들의 분풀이에 당한 건지 너덜너덜해서 그 틈 사이로 쉽게 침입할 수 있었다.

세뇌와 광신으로 정상적인 상태가 아니라 해도 랄프는 일군의 톱. 여기까지는 무난하게 성공했다.

하지만 진짜 문제는 지금부터였다.

중요한 건 마인의 토벌 방법이었지만, 랄프의 신 일행의 정보를 전혀 믿지 않았기 때문에 간단할 거라 예상했다.

도시에 침입한 랄프 일행은 마법사의 색적 마법으로 마인의 위치를 파악해 그쪽으로 이동했다.

마인들이 파괴한 건물이 많은 이 도시는 오히려 몸을 숨기기에 안성맞춤이었다.

이런 부분에서도 신의 뜻을 느낀 랄프는 더더욱 자신들의 성공을 확신했고, 마침내 마인에게 공격을 시작하기로 했다.

무너진 건물에서 주위를 확인하자 대화를 나누는 마인들의 모습이 눈에 들어왔다.

그 마인들에게서는 마법을 쓸 수 없는 랄프뿐만 아니라 마법사조차 멀린의 이야기에서 나올 법한 절망적인 마력을 느끼지는 못했다.

역시 신 일행은 공적을 과장하기 위해 약한 마인을 강대한 적처럼 포장했던 거라고 확신했다.

확신하고 말았다.

이 판단으로 랄프의 머릿속에서 『작전 중지』라는 단어는 완전히 사라졌다.

마침내 랄프 일행은 습격할 타이밍을 노렸다.

표적이 된 마인들은 전혀 눈치챈 기색을 보이지 않았다.

랄프는 이미 완벽한 성공을 확인했다.

기척을 죽이며 공격할 타이밍을 노렸다.

그리고…….

'가.'

랄프는 수신호로 습격 명령을 내렸다.

마법으로 기습하면 큰 소리 때문에 다른 마인들에게 들킬지도 몰랐다.

그래서 검사들에게 선제 공격을 명령했다.

명령받은 병사가 검을 들고 건물 뒤에 달려 나왔다.

그리고 아무런 망설임도 없이 마인을 향해 검을 내리쳤다.

눈앞에 있는 마인의 목을 단칼에 날려버리고 그 반동을 이용해 다른 마인도 베어버릴 심산이었다.

하지만 병사의 계획은 뜻대로 이루어지지 않았다.

검이 마인에게 닿으려는 순간, 놀라운 일이 일어났다.

병사의 접근을 전혀 눈치채지 못했던 마인이 고개를 돌리더니 검을 맨손으로 움켜잡은 것이다.

"앗! 이런?!"

당연히 병사는 경악했다.

그리고 검을 맨손으로 잡은 마인은 입을 음험하게 일그러트렸다.

"이봐, 여긴 우리 마인들의 근거지라고? 왜 인간이 있는 거야?"

마인은 마치 재미있는 것이라도 본 것처럼 말했다.

그리고 다른 마인도 웃으면서 입을 열었다.

"눈치채지 못한 줄 알았어? 우린 마인이라고? 너희가 도시에 침입한 것쯤은 이미 한참 전에 간파했단 말씀이지."

""꺄하하하!""

마인들은 천박하게 웃었다.

병사는 검이 맨손에 막힌 것도 충격이었지만, 방금 이 마인은 그보다 훨씬 더 두려운 말을 언급했다.

그것은…….

"장관님! 우리의 움직임은 이미 들켰습니다!"

병사는 숨어있는 랄프에게 큰 소리로 경고했다.

기습을 시도했는데 숨은 전력을 폭로하는 건 원래대로라면 어리석기 짝이 없는 짓이다.

하지만 마인은 방금 말했다.

『너희』라고.

즉, 마인을 공격한 병사의 기척을 감지했을 뿐만 아니라 일행의 움직임도 이미 들통 났다는 뜻이다.

우리의 행동은 전부 간파당했다.

계속 숨어있다간 기습은커녕 서서히 포위당하고 말리라.

병사는 그 사실을 깨닫고 반사적으로 외친 것이었다.

하지만……

"이런, 이미 늦었다고?"

"앗!"

병사가 눈치채지 못한 사이에 포위망은 이미 완성되어 있었다.

마인들이 웃는 얼굴로 랄프 일행이 숨어 있는 건물 주위의 옥상에 서 있었다.

랄프는 이 예상치 못한 사태에 동요했다.

마인은 약한 존재일 터.

이런 정밀한 마력 탐지가 가능할 줄은 전혀 예상하지 못했다.

실제로 도시 근처까지 정찰하고 온 알스하이드의 왕태자와 신 월포드는 마인에게 들키지 않고 무사히 귀환했었다.

이럴 리가 없었다.

이런 현실은 절대로 인정할 수 없었다.

"마, 말도 안 돼……"

랄프는 고작 그런 말을 중얼거리는 게 한계였다.

하지만 마인들은 그런 랄프 일행을 놔줄 생각이 없었다.

"이봐, 숨어있는 놈들도 어서 나와. 아니면 건물이랑 통째로 날려 버려줄까?"

건물 위에 있던 마물 중 하나가 그렇게 말하자 다른 마인들이 또 천박하게 웃기 시작했다.

건물 안에 있는 것도 들렸다.

하지만 아직 허세일 가능성이 있다고 판단한 랄프는 마인들의 앞에 모습을 드러내는 것을 망설였다.

"흥. 아직도 뭘 모르나 본데."

여성인 듯한 마인이 그렇게 말한 순간, 병사들이 숨어있는 건물 중 하나가 마법으로 폭발했다.

물론 그 안에 있던 병사들도 함께.

"앗?!"

병사들은 여러 건물에 불규칙하게 흩어진 채 숨어있었다.

그 중 하나를 정확하게 파괴한 것이다.

틀림없었다.

놈들은 자신들의 위치를 파악했다.

랄프는 마인들의 발언이 허세가 아니라는 것을 깨달았지만, 그렇다고 해서 바로 건물에서 나올 수는 없었다.

나가는 즉시 그 자리에서 저격당할 게 분명했다.

그래서 랄프는 마인이 마법으로 다음 건물을 파괴하는 타이밍에 움직이기로 했다.

마인이 건물을 향해 마법을 날리는 순간, 건물에서 뛰쳐나와 공격할 심산이었다.

지금 자신에게 가능한 건 그것뿐이라 판단했기 때문이다.

"칫, 적당히 좀 하라고. 이미 다 안다고 했잖…… 아!"

그 순간, 또 다른 마인이 건물에 마법을 날렸다.

너무나도 갑작스러워서 마법을 날린 타이밍과 정확히 맞추지는 못했지만, 다른 병사들이 숨어있는 건물과 명중하는 동시에 랄프는 건물에서 뛰쳐나왔다.

"우오오오오!"

검을 강하게 쥐고 무너진 건물을 타고 올라 마인을 공격하려 했다.

"하아…… 늦다고. 그렇게 느릿하게 건물 위로 올라오는데 대처하지 못할 리가 없잖아."

하지만 랄프의 표적이 된 마인은 한숨을 내쉬며 검을 막고 그의 얼굴을 움켜잡았다.

"윽! 크억! 이, 이거 놔!"

"그런다고 놓는 바보가 어디 있어? 그보다……."

랄프를 제압한 마인은 타이밍을 놓쳐서 아직도 건물 안에 있는 병사들에게 다시 말을 걸었다.

"이 녀석 얼굴을 뭉개버리기 전에 얼른 튀어나와!"

리더인 랄프가 붙잡힌 이상 병사들에게는 저항할 방법이 없었다.

한 명씩 건물에서 걸어나왔다.

"이걸로 전부야? 그 녀석들은?"

마인들이 집요하게 모습을 드러내라고 요구한 건 나름 이유가 있어서였다.

신 일행, 즉. 얼티밋 매지션즈가 있는지 확인하기 위해서였다.

과거에 두 번이나 쓴맛을 본 그들에게 얼티밋 매지션즈는 이미 천적이나 다름없는 존재였다.

도시로 침입한 마력은 모두 마인과는 상대도 안 될 정도였다.

그러다 보니 혹시 무슨 함정이 아닐지 의심했지만, 아무래도 정말로 신 일행은 오지 않은 모양이었다.

그 사실을 확인한 마인들은 안도하는 동시에 분노가 치밀었다.

"칫! 이런 허약한 인간들한테까지 깔보일 줄은."

"그 자식 때문이다! 그 자식! 이름이 뭐더라? 우리를 선동했던 녀석!"

여마인이 로렌스를 언급하려 했지만, 구체적인 이름은 나오지 않았다.

"아, 그 녀석? ……이름이 뭐였지?"

"글쎄? 기억이 안 나네."

지극히 짧은 만남이었는 데다 로렌스가 자취를 감춘 지 벌써 꽤 시간이 지났다.

자신들에게 괜한 소리를 불어넣어서 피해를 준 원흉의 존재 자체는 기억하지만, 이름까지는 떠올리지 못한 것이다.

"이제 됐어. 아무튼 그 자식 때문에 이런 약한 놈들까지 우리를 노리다니. 굴욕이야."

여마인은 다른 마인이 풀어준 랄프를 내려다보면서 투덜거렸다.

그 말을 들은 랄프 일행은 분노로 얼굴을 일그러트렸다.

랄프는 담 군의 사령장관이다.

전투의 프로인 군인들의 톱이었다.

그리고 그와 동행한 건 군에서도 톱클래스의 실력자들.

적어도 담 국내에서 그들과 실력을 견줄 만한 인간은 아무도 없었다.

그런 자신들을 약하다고 모욕하다니.

자존심에 큰 상처를 입은 랄프는 떨어트린 검을 다시 주어들고 마인을 향해 휘둘렀다.

"나, 날 얕보지 마!"

"이런."

하지만 마인은 그 움직임을 예측한 것처럼 간단히 피해버렸다.

"흥."

"커헉!"

그리고 동시에 랄프의 몸통에 니킥을 때려 박았다.

갑옷이 우그러질 정도로 강렬한 충격을 받은 랄프는 옥상

위까지 솟구쳤다가 병사들의 근처에 있는 잔해에 격돌, 그 대로 절명했다.

"어라? 저 자식, 죽었는데?"

"진짜? 저런 수준으로 잘도 우리한테 덤벼들었군."

"이제 됐어. 이놈들한테 우리의 힘을 보여주자고."

"그래. 이 자식들 상대라면 지진 않겠지."

랄프 일행을 실컷 모욕한 마인들은 마침내 병사들에게 검 끝을 향했다.

"그 자식들 때문에 실컷 쓴맛을 봤으니 그 울분을 풀어보 자고."

그리고 마인 중 한 명이 그렇게 말하자 병사들을 포위한 다른 마인들도 입가를 일그러트리며 웃었다.

그 얼굴에 떠오른 표정은 유열(愉悅).

반대로 병사들의 얼굴에 떠오른 것은…… 절망이었다.

리더인 랄프의 사망.

그리고 조금 전부터 목격한 압도적인 마법의 힘.

이 순간, 병사들은 완전히 전의를 잃고 말았다.

자신들의 힘은 마인들에게 전혀 통하지 않았다.

어째서 조금 전까지만 해도 쉽게 이길 수 있으리라 착각했 던 것일까.

지금은 왜 그런 생각을 한 건지 믿을 수가 없었다.

마인은 강했다.

그야말로 압도적일 정도로.

이길 수 없다.

이길 수 있을 리가 없었다.

그렇게 확신한 병사 중 하나가 겁에 질린 나머지 그 자리에서 달리기 시작했다.

"히, 히이익?!"

물론 달아나기 위해서다!

"이, 이봐!"

혼자서 도망칠 셈이야?!

그렇게 생각한 다른 병사가 불러 세우려 한 순간.

"이런, 그럼 안 되지. 혼자만 도망치려 하다니."

가벼운 말투와 동시에 날아간 마법이 달아나던 병사의 등에 직격했다.

"아아아아악!"

마인의 마법은 성대하게 폭발하며 병사의 목숨을 일격에 끊어놓았다.

그 광경을 본 병사들은 한순간 체념한 표정을 지은 후.

"으, 우오오오오오오!"

마인들을 향해 일제히 돌격을 시도했다.

달아나려던 병사를 해치운 마법을 보고 삶을 포기한 것이다.

그리고 하다못해 일격이라도 먹이고 죽을 각오였다.

"하핫! 이거 재밌어졌는데!"

죽음을 각오한 표정으로 달려드는 병사들과 달리 마인들은 즐거워했다.

병사들이 휘두른 검은 마인들에게 스치지도 못했고, 마법사들이 날린 마법은 전부 마력 장벽에 막혀서 상처 하나 입히지 못했다.

반대로 마인들이 날린 마법을 병사들을 간단히 날려버렸고, 마법사들의 마력 장벽도 쉽게 관통했다.

그 결과, 일방적인 학살이 전개되었다.

도시에 침입한 랄프 일행을 단숨에 전멸시킨 마인들은 오랜만에 만끽하는 승리에 기뻐했다.

"역시 우린 강하잖아."

"그 자식들한테 진 건 분명 방심해서였어! 다음에 마주치면 이길 수 있다고!"

"그래. 역시 다시 한 번 세계정복을 노려야겠군!"

"맞아!"

꺄하하하하!

오랜만의 승리에 들뜬 마인들은 랄프 일행의 시체를 보고 천박하게 웃었다.

그리고 마침 뒤늦게 도착한 마인들이 있었다.

"이봐, 이게 무슨 소란이지?"

"아앙? 늦게 온 주제에 무슨 불평이야?"

구 제도에서 황성에서 슈투름에게 가장 먼저 반항한 마인과 그 일행이었다.

자기가 다른 마인보다 머리가 좋다고 믿는 이 마인은 과거 두 번에 걸친 패배를 겪은 후 신중론을 펼치며 마인 집단을 이 도시에 잠복하게 한 장본인이었다.

자칭 두뇌파 마인은 다른 두 마인과 앞으로의 전개에 대한 회의를 열곤 했다.

사실 로렌스가 이탈한 이상 구체적인 작전을 세울 수 있는 자는 아무도 없었으므로 그저 답이 나오지 않는 무의미한 시간을 되풀이할 뿐이었다.

그러자 다른 마인들은 이 상황 자체에 불만을 가지기 시작했다.

내심 신 일행에게 진 건 타이밍이 나빴을 뿐이니 다른 나라를 습격하면 되는 게 아니냐고 늘 생각했다.

그러다 보니 이 세 마인은 다른 마인들에게 은연중에 따돌림을 당할 수밖에 없었다.

"인간 병사가 침입했길래 혼쭐을 좀 내줬지."

"작은 마력들이 이 도시로 들어온 건 우리도 느꼈다. 그래서? 무슨 정보는 얻어냈나?"

"정보? 무슨?"

모처럼 인간이 침입했으니 뭔가 새로운 정보를 입수하지 않을까 기대했던 마인이 묻자, 돌아온 건 어리둥절한 표정뿐이었다.

"설마…… 침입한 목적이나, 몇 명이나 이 도시로 몰려온 건지도 전혀 확인하지 않은 거냐?!"

"아~ 안 물어봤어."

"이…… 이 바보 자식이!"

자칭 두뇌파 마인은 격노할 수밖에 없었다.

병사들을 심문하면 후발대의 유무나 마인의 가장 큰 위협인 신 일행의 근황을 알 수 있었을 터.

욕을 먹은 마인은 한순간 아차 했지만, 침입자들을 대처한 건 어디까지나 자신들이었다.

아무것도 하지 않고 나중에 어슬렁어슬렁 기어온 자들이 불만을 토하는 걸 도저히 견딜 수 없었다.

"아앙?! 그럼 너희가 대처하면 됐잖아! 일이 다 끝나고 어슬렁어슬렁 나타난 주제에 제멋대로 지껄이지 말라고!"

"맞아! 혼자 머리 좋은 척은 다 하면서 아무런 해결책도 제시하지 못한 주제에!"

"뭐, 뭐라고……?"

마인들은 도시 한복판에서 서로를 노려보았다.

그야말로 일촉즉발의 분위기.

하지만 먼저 시선을 거둔 건 자칭 두뇌파 마인이었다.

자신의 아군은 조금 전까지 같이 회의를 한 두 명뿐.

하지만 상대는 나머지 전부였다.

힘이 엇비슷한 마인끼리 싸움이 벌어지면 수가 많은 쪽이 압도적으로 유리하다.

상황이 불리하다고 느낀 자칭 두뇌파 마인은 분한 표정을 보인 후, 마인들에게 등을 돌렸다.

"야, 어디 가려고?"

"내 생각이 마음에 안 든다면 너희들 멋대로 해. 우리는 지금부터 따로 움직이겠다."

"뭐? 진심으로 하는 소리야?"

"그래. 이젠 마음대로 해. 난 어떻게 되든 몰라!"

그렇게 말한 자칭 두뇌파 마인은 다른 두 마인에게 눈짓한 후 그 자리에서 달려갔다.

그 뒷모습을 지켜본 마인들은 저마다 지금까지 쌓인 불만을 터트리기 시작했다.

"뭐야, 저 자식! 지금까지 우리를 실컷 바보 취급한 주제에 불리해지자마자 달아나다니!"

"뭐가 두뇌파라는 거야! 자기도 우리랑 똑같은 평민이었으면서 잘난 척은!"

"저기, 떠난 놈 따원 이제 아무래도 상관없잖아? 그보다 앞으로의 목표를 정하는 건 어떨까? 내가 보기엔 슬슬 알스하이드를 쳐도 될 것 같은데."

"맞아! 나도 찬성이야!"

잔해 더미가 된 도시에 다시 마인들의 홍소가 울려 퍼졌다.

그리고 그 상황을 숨어서 지켜보는 자가 있었다.

"……잠깐, 진심이야? 인간이라고? 인간 병사가 침입한 거잖아? 이 도시의 존재를 들킨 거라고? 그런데 왜 저렇게 즐거워 보이는 거지?"

일시적으로 그들과 행동을 함께 했던 로렌스였다.

설마 이 정도까지 멍청했을 줄이야.

"설마 또 알스하이드를 습격하자는 말이 나올 줄은……."

로렌스는 어이가 없다 못 해 경악했다.

"방금 이탈한 세 녀석은 알고 있었던 건가? 아니면 우연? 뭐, 아무튼 여기서 벗어나는 건 정답이지."

그렇게 중얼거린 로렌스는 아직도 신이 나서 떠드는 마인들을 내버려두고 그 자리를 벗어났다.

"저렇게 성대하게 싸웠으니…… 슬슬 납시겠군."

로렌스는 최대한 빨리, 하지만 누구에게도 들키지 않도록 신중히 도시를 이탈했다.

한편, 자칭 두뇌파 마인은 다른 두 마인에게 말을 걸면서 도시 밖으로 달려가는 중이었다.

"이봐! 빨리 와! 꾸물거리다간 놈들이 온다고!"

"나도 알아! 침입자가 있었으니 여긴 인간들에게 들킨 거겠지. 그렇다면……."

"그래……. 그 괴물들이…… 나타나지 않을 리 없어."

세 마인은 주위를 신경 쓸 겨를 도 없이 전속력으로 도시 밖을 향해 달려갔다.

이런 부분에서 정식 훈련을 받은 로렌스와 차이가 났다.

도망치느라 바빠서 기척을 지우는 걸 소홀히 하고 말았다.

"저, 저건……."

그 결과, 도시를 포위한 병사들에게 도망치는 모습을 목격당하고 말았다.

세 마인은 그런 줄도 모르고 도시를 벗어난 지 한참 후에 야 뒤를 확인했다.

"아아…… 그것 보라고……."

그리고 안심하는 동시에 두려움이 담긴 목소리로 말했다.

"놈들이 왔어."

◆

마인들이 움직이기 시작했다는 보고를 듣자마자 도시로 급행한 우리가 목격한 것은 한곳에 모여서 뭔가 잡담을 나 누는 마인들의 모습이었다.

그리고 그 옆에는…….

"저건?!"

"칫! 역시 먼저 공격한 녀석들이 있었군! 랄프 포트만은 대체 무슨 생각이지?!"

아마 담의 총지휘관인 랄프 씨와 부하인 듯한 인간들이 쓰러져 있었다.

　그들은 이미 마인들에게 살해당한 것 같았다.

　가까이에서 확인하지 않아도 알 수 있었다.

　팔다리, 혹은 머리가 날아간 흔적이 눈에 들어왔으니까.

　그리고 저기에 인간의 시신이 있다는 건 먼저 도시에 침입했다가 마인들에게 역습을 당했다는 증거다.

　랄프 씨의 태도가 이상하긴 했지만, 설마 정말로 이런 짓을 저지를 줄은 예상치 못했다.

　하물며 마인 근처에 있는 시신은 하나가 아니었다.

　그건 즉, 마인 토벌 명령에 따른 병사도 있었다는 뜻이다.

　그것 자체도 믿을 수 없을 지경인데 결국 역습을 당해 전멸.

　그 결과, 마인들은 우리의 존재를 눈치챘을 터.

　……그런데 왠지 마인들의 분위기가 이상했다.

　한곳에 모여 있긴 했지만, 별다른 움직임을 보이지 않고 잡담을 나누는 중이었다.

　이런 상황에서 잡담?

　"뭐야? 대체 뭘 하는 거지?"

　"확실히 신경 쓰이긴 하지만, 고민할 여유는 없어. 이대로 간다!"

　"그럼……."

　"정면 돌파다. 함정이든 뭐든 전부 분쇄한다!"

"""예!"""

오그가 참 남자다운 작전을 선택했다.

마인들은 마침 타이밍 좋게 한곳에 모여 있었다.

보고를 받았을 때는 혹시 놓칠까봐 걱정했지만, 오히려 찬스일지도!

『마인들은 한곳에 모여 있군. 이 기회를 놓치지 마! 도시의 피해를 무시해도 좋으니 전력을 다해! 반드시 이 자리에서 섬멸하는 거다!』

『예!』

"부유 마법을 해제할게! 제트 부츠 준비!"

『공격!』

채널을 열어둔 무선 통신기에서 오그의 호령과 모두의 대답을 들은 나는 부유 마법을 해제했다.

이제부터는 각자 제트 부츠를 이용해서 자유롭게 날아다니며 전투 개시다.

다시 오그의 호령이 들린 순간, 우리는 일제히 불꽃 탄환과 얼음의 창과 바람 칼날과 벼락을 퍼부었다.

도시는 이미 괴멸 상태라 주민은 아무도 없을 터.

오그의 말대로 도시의 피해를 무시하고 날린 마법은 모여 있는 마인들을 단숨에 날려버렸다.

"크억! 뭐, 뭐야!"

"어째서 놈들이 여기 있는 거지?!"

"닥쳐! 떠들 여유가 있으면 반격해!"

퇴로가 사라져선지 마인들은 지금까지와 달리 반격을 개시했다.

"우왓! 위험했어! 이게~!"

자신을 노린 마법을 마도구와 마력 장벽으로 막아낸 앨리스가 마법으로 반격했다.

여기저기서 비슷한 광경이 펼쳐졌지만, 아무래도 방어 마법이 부여된 장신구를 나누어주길 잘한 것 같다.

개인의 마력 장벽만으로는 견디지 못했을지도 몰랐다.

역시 양산형이라고 해도 마인은 마인이었다.

이중 방어막 만만세다.

일행의 마법들도 마인들의 장벽을 상당히 깎아내긴 했지만, 완전히 관통하지는 못했다.

"뒤에서 미안."

"앗?! 비겁⋯⋯!"

하지만 마인들도 이쪽의 공격을 막느라 정신이 없었다.

전력을 다해 장벽을 전개한 마인 뒤에서 나타난 토니가 바이브레이션 소드로 숨통을 끊었다.

"마인 상대로 비겁은 무슨."

마인을 베어버린 토니는 바이브레이션 소드를 세워들고 다른 마인을 향해 돌격했다.

그밖에 율리우스와 마크도 근접전투에 가세했다.

원거리 마법으로 적을 붙잡아두고 그 틈에 접근을 시도하는 이건 스이드 왕국에서도 썼었던 전법이다.

원래는 오그의 호위를 맡아야 할 율리우스지만, 정작 당사자는 뭘 하고 있었느냐면.

"이봐, 뭐 하는 거지? 너희는 마인 아니었나?"

"윽! 망할…… 끄아악!"

굉음과 동시에 마력 장벽을 파괴하며 마인을 하나둘씩 해치우고 있었다.

원래 기본 실력이 높아선지 오그는 다른 멤버들보다 한 수 위인 듯한 인상이었다.

마인을 간단히 해치우는 왕태자라…….

알스하이드의 미래가 밝군.

설령 반란이 일어나도 성공은 불가능할 것이다.

그런 식으로 일행이 순조롭게 마인을 토벌하는 사이에 난 뭘 하고 있었느냐면.

"큭! 빌어먹을! 여기서 당할 수는 없지!"

"놓칠 줄 알았어?"

"앗……!"

전투 구역을 이탈해서 도주를 시도하는 마인을 처리하고 있었다.

원래는 도시 밖에서부터 서서히 포위망을 좁힐 예정이었지만, 어째선지 마인들은 처음부터 한곳에 모여 있었다.

이유는 모르겠지만, 적이 알아서 만들어준 이 절호의 기회를 놓칠 수는 없었다.

다들 그 사실을 알고 있어선지 절대로 마인을 놓치지 않으려는 각오로 전력을 다해 마법을 쓰고 있었다.

"큭, 제길! 무슨 위력이!"

"그쪽에만 정신 팔고 있어도 되겠어?"

"뭐…… 끄아악!"

마인의 수가 줄어들자, 이번에는 원거리에서 엄호하던 멤버들도 근접전투에 가세했다.

"야압!"

"에잇!"

공격 마법에 약한 시실리와 유리도 열심히 마법을 날려서 마인을 토벌했다.

양산형 마인은 정말 약했다.

이대로 가면 순조롭게 전멸시킬 수 있을 것 같았다.

남은 건 슈트룸을 찾아서 해치우면 만사 해결이다.

세계에 평화가 찾아오리라.

난 그렇게 생각했지만…….

"제길! 빌어먹을! 모처럼 힘을 손에 넣었는데! 그 자식 때문에!"

얼마 안 남은 마인 중 하나가 그렇게 절규했다.

그 자식? 그건 또 무슨 소리지?

그러는 사이에 누군가가 날린 마법이 그 마인에게 명중했다.

마인이 쓰러지면서 한 말이 내 행동을 멈추게 했다.

"그…… 슈투름…… 때문에……."

"슈투름 때문?"

대체 무슨 뜻이지?

이 녀석들은 슈투름의 힘으로 마인이 된 인간들이다.

즉, 슈투름이야말로 그들의 주인일 터.

그런 상대를 비난해?

그 사실이 마음에 걸린 나는 쓰러진 마인에게 달려가 진상을 캐물었다.

확실히 부하인 마인들이 이렇게 많이 죽어나갔는데도 슈투름은 아직 모습을 드러내지 않았다.

마법 전투 중이라 색적 마법으로 마력을 탐지하는 건 보통은 불가능하겠지만, 그 흉악하고 불길한 슈투름의 마력만큼은 절대로 못 알아볼 리 없었다.

그리고 방금 이 마인이 한 『슈투름 때문』이라는 말.

설마…….

"이봐! 슈투름은 어디야?! 여기에 없는 거야?!"

난 중상을 입은 마인의 멱살을 잡고 슈투름의 소재를 물었다.

내 목소리는 마인이 전멸해서 조용해진 거리에 크게 울려 퍼졌다.

"신. 무슨 일이지?"

그러자 그 목소리를 들은 오그가 가장 먼저 달려왔다.

"이 녀석이 뭔가 신경 쓰이는 말을 했어. 이봐! 슈투름은 여기 없는 거야?!"

당장에라도 숨이 끊어질 것 같은 마인이 내 목소리에 반응해 입을 열었다.

"여기에…… 있을 리가……. 그런…… 제국을 멸망시키고 만족해버린…… 놈이……."

"제국을 멸망시키고 만족했다고?! 잠깐! 그럼 너희는 왜 스이드와 크루트를 공격한 거지?!"

"당연히…… 세계를 정복하기 위해서였다……. 너희만 없었다면…… 너희만……."

그렇게 말한 마인은 원한이 깃든 눈으로 날 노려보았다.

슈투름은 제국을 멸망시키고 만족했다. 하지만 마인들은 주변국을 공격했다.

그리고 슈투름은 이 자리에 없다고 한다.

이건 혹시…….

"너흰…… 사이가 틀어진 거였어?"

그 말에 마인이 크게 반응했다.

"시끄러! 그 자식만 있었으면! 너희만 있었으면! 전부 잘 풀렸을 텐데!"

그렇게 외친 마인은 갑자기 마력을 모으기 시작했다.

마력을 마법으로 변환하는 기척도 없었다.

이건!

"위험해! 마력 장벽을 전개하면서 전력으로 이탈해! 마력을 폭주시킬 작정이다!"

자폭!

야망이 무너지자 자포자기한 나머지 주위와 함께 동반 자살할 작정이다.

그 사실을 눈치챈 오그가 전원에게 이탈 명령을 내렸다.

하지만 여기서 자폭해버리면 이 주위에 있는 마인과 인간들의 시신을 잃고 만다.

아직 정체를 확인하지는 않았지만, 갑옷을 보건대 아마 랄프 씨와 담의 병사들일 터.

세계의 운명을 건 싸움에서 사리사욕으로 혼란을 일으킨 원흉을 저대로 어둠속에 묻히게 내버려둘 수는 없었다.

이대로면 증거가 전부 사라지고 만다.

그리고…… 인도적인 이유로도 시신을 잃고 싶지 않았다.

그래서 나는 시신을 지키기 위해 바이브레이션 소드를 뽑아들면서 마력을 폭주시키는 마인을 향해 달려들었다.

"이 바보가! 신, 달아나!"

오그가 제지했지만, 카트 때처럼 폭주하기 전에 숨통을 끊으면 마력이 주위로 흩어져서 자폭을 막을 수 있다.

그걸 노리고 마인을 향해 바이브레이션 소드를 휘둘렀다.

"신 군! 안 돼!"

하지만 약간 늦었다.

마력이 폭주해서 주위를 휩쓰는 어마어마한 폭발이 일어났다.

아앗! 젠장! 제시간에 맞추지 못했다.

나는 마력 장벽과 전투복에 부여된 마법 효과로 상처 하나 없었지만, 자폭한 마인과 랄프 씨로 추정되는 시신은 전부 날아가 버렸다.

이것으로 이번 작전을 망친 자들의 정체를 확인할 단서가 사라지고 말았다.

폭발로 인한 안개가 걷히는 가운데 나는 그 실패를 후회했지만 이미 일어난 일은 어쩔 수 없다. 기분을 전환한 후, 살아남은 마인은 없는지 색적 마법을 펼쳐져 주위를 확인하기로 했다.

그러자 이쪽으로 다가오는 반응이 있었다.

"신 군!"

시실리였다. 다행이다. 무사했구나.

"괜찮아? 시실리."

굉장한 기세로 달려든 시실리를 몸으로 받고 그렇게 말하자 엄청 화를 냈다.

"괜찮아? 가 아니라구요! 왜 그런 무모한 짓만 하는 거죠?!"

"아니…… 자폭해버리면 이것저것 다 날아가니까…… 막

아야겠다 싶어서……."

"그래도요! 먼저 자기 안전을 우선해주세요! 신 군에게 무슨 일이 생긴다면, 전…… 저는……."

아앗, 큰일 났다! 시실리를 울려버렸어!

울기 시작한 시실리를 달래고 있자 다른 일행도 모이기 시작했다.

"참 나…… 확실히 시신을 회수하지 못한 건 문제지만, 그보다 너한테 무슨 일이 생기는 게 더 큰 문제라고."

"윽…… 미안……."

내가 솔직하게 사과하자 오그는 더 뭐라 하진 않았다.

그리고 마인의 자폭으로 날아가 버린 주위를 둘러보며 한숨을 내쉬었다.

"결국, 전부 날아갔군."

"응……."

신상을 제대로 확인하지는 못했지만, 아마 랄프 씨와 담의 병사들로 추정되는 시신이 있었다.

하지만 그걸 회수하지 못한 데다 제대로 확인도 못 했으니 그들이 작전을 망친 증거도 사라져 버렸다.

결국 시실리와 모두에게 걱정만 끼치고 헛수고로 그친 셈이다.

내가 마지막에 와서 실패한 것을 우울해하자 오그가 화제를 바꾸었다.

"뭐, 그보다 그 마인이 했던 말이 사실이라면 이걸로 사태는 종결이겠군."

"슈투름이 스이드와 크루트 습격에 관여하지 않았다는 거?"

"그래. 아마 제국을 멸망시키는 것만이 슈투름의 목적이었던 거겠지. 그래서 거기에 불만을 가진 놈들이 등을 돌린 거고. 그럼 일련의 습격 방식이 치졸했던 것도 설명이 돼."

"그게 무슨 뜻이야?"

"슈투름이 도시를 습격할 때마다 마인이 늘어났다는 이야기는 했지?"

"응."

"아마 평민들을 마인으로 만들었던 걸 거다. 그리고 그 평민들이 배신했던 거겠지."

아, 그런 거였군.

제국 평민은 알스하이드와 달리 교육을 받지 못한다고 한다.

마인이 돼서 강력한 힘을 얻기는 했지만, 작전을 구상할 만한 지혜는 없었다.

그 결과, 힘에만 의존해서 닥치는 대로 주위를 습격할 수밖에 없었고.

그런 상황에서 우리에게 두 번이나 쓴맛을 봤으니 그 후에는 어떻게 움직여야 좋을지 몰라 이 도시에 틀어박히게 됐다는 뜻이다.

"알고 보니 시시한 이유였네……."

"원래는 그런 방식으로도 세계 정복에 성공했을 거다. 하지만 이쪽에는 네가 있었다. 네 존재 자체가 놈들에게는 불행이었지만, 우리에게는 행운이었던 셈이지."

오그가 진지한 얼굴로 듣기 민망한 소리를 했다.

뭐야. 평소에는 놀리기만 하면서 이럴 때만 진지한 척 하지 말라고.

"남은 건 슈투름의 처우인데…… 제국 외에는 관심이 없는 것 같으니 아마 부전협정을 체결하고 끝낼 거다."

"그래도 되겠어? 놈이 알스하이드에서 벌인 짓은?"

나는 야생동물의 강제 마물화나 카트의 인체실험 같은 건 어떻게 되는 거냐고 물었다.

"평범한 인간이었다면 죄를 추궁했겠지만…… 이제야 세상이 안정됐는데 섣불리 자극해서 또 혼란을 일으킬 수는 없는 노릇이겠지."

"소(小)보다 대(大)를 취하겠다는 건가……."

"그런 거다. 자, 그럼 모두에게 마인 토벌이 끝났다는 걸 알리러 가볼까."

그렇게 말한 오그는 도시 밖을 향해 걸어갔다.

슈투름은 어쩔 수 없는 거겠지. 개인적인 범죄라는 차원을 넘어선 이야기니까.

나는 그제야 울음을 그친 시실리와 함께 오그의 뒤를 따라갔다.

"이걸로 겨우 끝난 건가."

"예. 무사히 해결해서 다행이에요."

돌이켜 보면 카드가 마인이 된 것이 사건의 시발점이었다.

그 후에는 진정한 마인인 슈투름이 나타나거나, 제국이 멸망하거나, 마인이 대량으로 출현하거나, 그 마인들이 주변 국들을 침략하는 등 바람 잘 날이 없었다.

하지만 이걸로 전부 끝이다.

그리고 보니 예전에 시실리의 어머니인 아일린 씨에게 들었던 이야기가 불현듯 떠올랐다.

"다음은…… 결혼식인가."

"흐에?! 아, 그, 그랬었죠!"

이 소동이 끝나면 결혼식을 올리라는 이야기였다.

뭐, 바로는 무리겠지만.

슈투름에게 교전 의사가 없다고는 해도 그가 마인이라는 사실에 변함은 없었다.

앞으로 어떤 식으로 그와 관계를 맺어야 할지도 정해야 했고, 무엇보다 우리 결혼식을 주관하는 건 창신교 교황인 예카테리나 씨였다.

여러모로 준비와 조정이 필요할 테니 실제로 날을 잡는 건 한참 기다려야 하지 않을까.

하지만 마인의 습격 소동이 끝난 현재, 남은 큰 이벤트는 그것뿐인 것도 사실이었다.

"결혼식…… 신부……."

나는 황홀한 표정으로 넋이 나간 시실리의 손을 잡고 도시 밖으로 나왔다.

그곳에는 연합군이 전부 집결해 있었다.

나와 손을 잡고 걷는 사이에도 줄곧 풀어진 얼굴이었던 시실리는 정렬한 병사들을 본 순간 퍼뜩 놀라서 손을 놓고 내 옆에 섰다.

새빨개진 얼굴로 고개를 숙이면서.

하긴, 이만큼 많은 사람에게 그런 모습을 보였으니 어쩔 수 없으리라.

"참 나…… 마지막까지 너무 풀어지지 마."

"아, 미안."

"죄, 죄송합니다."

오그가 약간 어이가 없는 얼굴로 잔소리를 했다.

이제 남은 건 마인 토벌 보고와 사태의 종결 선언이다.

아직 긴장을 풀어선 안 되겠지.

병사들을 마주본 오그는 최근 자주 쓰는 확성 마법을 발동했다.

『이 자리에 있는 전군에 고한다! 이 도시에 잠복했던 마인들은 우리가 전부 토벌했다!』

오그가 그렇게 선언하자, 마치 땅울림 같은 어마어마한 환호성이 터졌다.

『마인들의 수괴인 올리버 슈투름은 여기 없었지만, 그 이유도 판명됐다. 따라서 이번 소동은 지금 이 순간부로 끝……』

"기다려주십시오!"

선언을 마무리 하려는 오그의 목소리를 마침 달려온 한 정찰병이 가로막았다.

『뭐지? 무슨 문제라도 생겼나?』

하지만 오그는 딱히 불쾌한 표정을 짓지는 않았다.

그 이유는…… 정찰병의 표정이 너무나도 필사적이었기 때문이다.

틀림없이 무슨 일이 생긴 거다.

오그도 그렇게 판단했기에 태연한 얼굴로 뒷말을 재촉했다.

그리고 병사의 입에서 나온 것은 그야말로 충격적인 내용이었다.

"보고 드립니다! 전하와 여러분께서 마인들에게 공격을 가하기 몇 분 전에 이탈한 마인의 모습을 확인했습니다!"

진짜?! 우리가 도착하기 전에 도망친 녀석들이 있었다고?!

오그도 충격을 받은 건지 확성 마법을 켠 상태로 고함을 질렀다.

『뭐, 뭐라고?! 대체 몇이나!』

"너무 빨라서 확실히 보지는 못했습니다만…… 아마 세 명으로 추정됩니다!"

『제길! 그래서? 어느 쪽으로 향했나!』

"저쪽입니다!"

정찰병이 가리킨 방향은…….

『그쪽이라면…… 알스하이드가 아닌가!』

사태는 아직 막을 내린 게 아니었다.

마인을 완전히 전멸시키지 못했다.

하물며 달아난 방향은 알스하이드 방면.

그쪽에서는 알스하이드군이 이 도시를 목표로 오고 있으니 도중에 맞닥트릴 가능성이 있었다.

만약 그들이 돌파당한다면 그 뒤에 있는 건 알스하이드 왕국이다.

이대로면 알스하이드가 전장이 될지도 몰라!

"오그! 알스하이드로 게이트를 열게!"

저쪽에서 미리 기다리고 있으면 마인이 나타날 거라고 생각해서 한 말이었다.

"아니, 기다려! 아직 알스하이드로 갔다고 확정된 건 아니야! 주전파 마인은 이번 기회에 반드시 섬멸해야만 해!"

"그럼 어쩔 건데!"

"네 부유 마법이라면 따라잡을 수 있을지도 몰라. 추격하자! 절대로 놓쳐선 안 돼!"

오그의 말대로 마인이 아직 알스하이드로 갔다고 확정된 건 아니었다.

원래는 제국이었던 마인령은 워낙 광대한 지역이니 다시

어딘가에 숨어버려도 이상하지 않았다.

확실히 섬멸하려면 여기서 떠난 지 얼마 안 된 지금 추격해서 따라잡는 게 그나마 가장 나은 방법이리라.

하지만……

"못 찾으면 어쩌지?"

"그렇게 되면 각국에 비상사태를 선언할 수밖에! 망할 자식들! 마지막에 와서 사람 번거롭게 하기는!"

웬일로 오그의 말투가 난폭해졌다.

알스하이드가 표적이 됐을지도 모른다는 사실에 꽤 당황한 느낌이었다.

나도 지금 당장 날아가고 싶지만, 이대로 연합군에 아무 말도 없이 떠날 수는 없는 노릇이었다.

『우리는 달아난 마인들을 추격하겠다! 제군은 주위의 마물을 토벌하면서 다시 제도로 향하도록! 부탁하마!』

오그가 다시 확성 마법으로 연합군에 지시를 내리는 것을 확인한 후, 나는 얼티밋 매지션즈 전원에게 부유 마법을 걸었다.

이건 아직 나밖에 쓸 수 없다.

다들 부유 마법을 쓸 수 있으면 수색이 좀 더 수월해지겠지만, 이건 나도 어떻게 가르쳐야 할지 짚이는 데가 없었다.

이쪽 세상에는 아직 중력이라는 개념이 존재하지 않기 때문이다.

내 부유 마법은 중력에 반발하는 힘을 이미지한 것이라, 중력 그 자체를 인식하지 못하면 발동하지 않았다.

하지만 당시에는 딱히 서둘러 배워야 할 마법도 아니었던데다 애당초 나도 중력의 개념을 깊이 이해한 게 아니라 차일피일 미뤘던 것이 치명적인 결과로 돌아온 셈이다.

분담해서 수색하지 못하는 이상, 하다못해 찾는 『눈』이라도 늘리기 위해 다 같이 추격하기로 했다.

정찰병이 가리킨 방향으로 색적 마법을 걸었지만, 마인들은 이미 근처에 없는지 아무런 반응도 없었다.

"그래서?! 어느 쪽으로 가면 돼?!"

정찰병이 가리킨 곳은 알스하이드 방면뿐.

아마 이번에는 장거리 추적이 될 터.

첫 스타트부터 방향이 어긋나면 그만큼 오차가 발생할 테니 최대한 정확한 방향을 알고 싶었다.

"정찰병! 어느 쪽이냐!"

내가 질문하자, 오그가 화난 목소리로 대답을 재촉했다.

다른 나라의 병사들에게도 친절했던 평소와는 전혀 다른 난폭한 말투.

조국이 마인의 위협에 노출되자 조바심이 나는 모양이었다.

"아, 예! 저쪽 방향입니다!"

분노한 대국 알스하이드의 왕태자에게 완전히 위축된 타국의 정찰병이 떨리는 손으로 마인이 달아난 방향을 가리켰다.

"알았다! 가자! 전속력으로!"

이렇게 해서 우리는 이걸로 마지막이 될지도 모르는 추격전을 시작했다.

"전원, 색적 마법으로 주위를 확인해! 절대로 놓치지 마라!"

"""예!"""

이럴 줄 알았으면 아직 오픈 채널밖에 없지만 알스하이드 쪽에도 무선 통신기를 줄 걸 그랬다.

그럼 지금 당장 연락해서 마인이 그쪽으로 가고 있으니 경계하라고 주의를 줄 수 있었을 텐데.

하지만 그런 식으로 알스하이드만 특별취급하면 다른 나라의 항의와 의심을 받게 될지도 몰랐다.

알스하이드의 입장상 그런 상황은 되도록 피하는 편이 좋을 거라는 판단에 무선 통신기를 제공하지 않았던 것이 설마 이런 결과로 돌아올 줄이야.

알스하이드군은 우리와 동행하지 않았으니 그 정도 특별취급은 해도 문제없지 않았을까?

나는 마인을 추적하면서도 계속 그렇게 후회했다.

지금은 알스하이드군와 마인이 마주치지 않기를 비는 수밖에 없었다.

한시라도 빨리 발견하고 싶지만, 그렇다고 전속력을 낼 수도 없었다.

자칫하면 마인의 흔적을 놓칠 가능성이 있기 때문이다.

우리는 그런 딜레마에 시달리며 마인들이 도주한 것으로 추정되는 방향으로 날아갔다.

마인들은 비교적 약한 편이었지만, 거의 쉰 명쯤 됐다.

그래서 전부 해치우는 데 제법 시간이 걸렸다.

지금쯤이면 어디까지 간 걸까. 따라잡을 수는 있을까.

애초에 정말로 이 앞에 있는 게 맞는 걸까. 방향이 틀리지는 않았을까.

우리는 그런 끊임없는 불안에 시달리면서 아무리 작은 흔적이라도 놓치지 않기 위해 수색에 집중했다.

◆

마인이 거점으로 삼은 도시가 발견됐다는 정보는 통신기의 정기 연락을 통해 전군으로 전달되었다.

당연히 알스하이드군에도.

하지만 크루트 방면에서 발견된 탓에 알스하이드군이 가장 마지막에 도착하는 건 기정사실이 되고 말았다.

그렇다면 신 일행, 아니, 아우구스트라면 마인과의 전투에서 그리 도움이 되지 않는 자신들이 도착하는 걸 기다리지 않고 전투를 시작하리라 예측할 수 있었다.

하지만 그렇다고 해서 진군을 멈출 수는 없었다.

만약 그 역사적인 순간에 입회하지 못한다면 알스하이드

는 그대로 세계에서 고립될지도 몰랐다.

그래서 알스하이드군은 루트를 변경해서 마인들이 발견된 도시로 이동을 서둘렀다.

아우구스트가 자신들이 도착할 때까지 기다리지 않은 것 자체는 어쩔 수 없는 일이었다.

그건 알스하이드군 전원이 이해했다.

조국의 이익과 세계 평화.

그 두 가지 사안을 천칭에 올렸을 때, 알스하이드의 왕태자이기 이전에 얼티밋 매지션즈의 일원인 그가 어떤 선택을 할지는 불 보듯 뻔한 일이었으므로.

하지만 아무래도 푸념이 나오는 것도 어쩔 수 없는 일이었다.

"왜 마인이 구 제도가 아닌 곳에 모여 있는 걸까?"

지크프리트는 최근에 버릇이 된 푸념을 흘렸다.

크리스티나도 내심 동의하긴 했지만, 벌써 같은 말을 몇 번이나 들은 탓에 약간 짜증이 났다.

"대체 몇 번이나 같은 말을 해야 직성이 풀리는 거죠?"

"그야 어쩔 수 없잖아. 구 제도였다면 우리가 가장 먼저 도착했을 텐데."

"지, 진정하세요. 두 분."

그러자 같이 이동 중이던 미란다가 당장에라도 말다툼을 시작할 것 같은 두 사람을 말렸다.

저번 전투에서 『점프 찌르기』라는 새로운 전법을 확립하고 재해급 토벌에 큰 공적을 올린 그녀는 군 상부로부터 이젠 한 사람 몫을 하는 전투 요원이라는 인정을 받았기 때문인지 요즘은 학생들이 아니라 인솔역인 두 사람과 같이 다닐 때가 많았다.

"맞아요, 두 분. 어떻게 보면 미란다가 더 어른스러운 것 같다니까요?"

"지크 선배는 인솔 담당이잖아요? 그럼 학생에게 모범을 보여야죠."

마찬가지로 요즘 들어서 같이 행동할 때가 많은 세실리아와 실비아도 두 사람에게 핀잔을 주었다.

그러자 지크프리드와 크리스티나는 어색하게 시선을 피할 수밖에 없었다.

"다, 당신 때문에 후배들한테 혼났잖아요. 이걸 어떻게……."

"쉿!"

크리스티나는 알스하이드군의 여자 후배들에게 『언니』라고 불리며 존경받는 입장이다.

기사, 마법사를 불문하고.

그런 자신이 후배들에게 주의를 받았다는 사실에 무심코 부끄러움을 느끼고 지크프리트에게 따지려 했지만, 그는 진지한 얼굴로 손을 들어서 제지했다.

"뭐, 뭐죠?! 손으로 말을 막다니, 실례……."

"좀 조용히 해! 세실리아! 실비아! 느꼈어?!"

마치 윗사람처럼 손으로 말을 막는 지크프리트의 태도에 반사적으로 화를 낼 뻔 했지만, 곧 그의 진지한 표정을 보고 입을 다물 수밖에 없었다.

그리고 세실리아와 실비아는 그제야 자신들이 경계를 소홀히 했다는 것을 깨닫고 황급히 다시 색적 마법에 집중했다.

그 순간.

움찔!

온몸에 소름이 돋는 불길한 마력을 느꼈다.

황급히 색적 마법을 쓰느라 무방비한 상태로 그 마력에 노출되고 말았다.

"뭐, 뭐죠? 이건……?"

"읍, 후우……."

세실리아는 반사적으로 양팔에 돋은 소름을 쓰다듬었고, 실비아는 불쾌감을 느꼈다.

그리고 이어서 마법사 전원이 그 마력을 감지했다.

"……뭐, 뭐야 이게……."

"마물? 재해급 치고는 너무 크잖아……."

돌발 상황이 벌어지자 마법사단은 가벼운 공황 사태에 빠졌다.

늘 경박한 이들이 갑자기 진지한 표정을 짓거나 겁에 질린 얼굴을 하자 마력을 탐지하지 못하는 기사단원들은 당혹스러움을 감추지 못했다.

하지만 곧 상황을 어느 정도 눈치채기 시작했다.

겉으로 보기엔 경박한 집단이지만, 이제는 타국의 마법사단보다 훨씬 강해진 마법사들.

그런 이들이 겁에 질렸다면 답은 하나뿐이리라.

"지크프리트! 느꼈냐?!"

"단장님……. 이거, 위험하지 않을까요?"

"그래, 위험한 정도가 아니지. 아무튼 이건……."

지크프리트에게 달려온 마법사단장 루퍼는 이 마력의 정체를 경험으로 알고 있었다.

"……마인의 마력이니까."

"마, 마인?!"

그 말을 들은 순간 주위가 술렁였다.

그 이유는…….

"마인 토벌을 맡은 건 얼티밋 매지션즈가 아닙니까! 그런데 마인이 이리로 오고 있다니, 그런 건 말도 안 된다고요!"

그렇다. 신 일행은 알스하이드의 국민.

아우구스트에 이르러선 왕태자다.

그러다 보니 전원은 아니지만, 그들의 전투를 직접 본 자들도 많았다.

그런 신 일행을 상대로 마인이 살아남았을 리 없다.

당연히 그렇게 생각했다.

하지만 현실은 비정했다.

"나도 그렇게 생각하고 싶다만……."

"반응이 셋밖에 없네요. ……그렇다는 건."

루퍼와 지크프리트는 똑같은 결론에 도달했다.

"……놓친…… 건가?"

루퍼가 그렇게 말한 순간, 알스하이드군 전체가 충격을 받았다.

"설마 신이 그런 실수를 할 리 없을 거라고 말하고 싶습니다만……."

"더 수가 많았다면 월포드 군 일행이 공격하기 전에 도망친 거라고 볼 수도 있겠는데 말이지."

"셋이라면 전투 도중에 놓친 거라고 보는 편이 무난하겠네요."

그 세계 최강을 자랑하는 얼티밋 매지션즈가…… 신 월포드가 적을 놓쳤다?

도저히 믿을 수 없는 사실이었지만, 실제로 마인은 이쪽을 향해 다가오고 있었다.

병사들이 당황하는 것을 본 루퍼는 확성 마법을 발동했다.

『전원, 잘 듣도록! 만에 하나의 사태가 벌어졌다! 아무래도 월포드 군 일행이 놓친 것으로 보이는 마인 일부가 이쪽을 향해 오고 있는 모양이다!』

그리고 알스하이드군 전체에 들리도록 외쳤다.

『하지만! 우리는 절대로 놓쳐선 안 된다! 왜냐하면…….』

한 번 말을 끊은 루퍼는 자신들이 진군해 온 방향을 돌아보았다.

그쪽에는…….

『우리가 돌파당하면 그 뒤에는 알스하이드 왕국이 있기 때문이다!』

그 순간, 당혹스러움과 절망에 빠졌던 알스하이드군의 얼굴이 비장한 결의가 담긴 표정으로 바뀌었다.

『여긴 우리가 반드시 사수한다! 이 목숨을 걸고서라도!』

"""우오오오오오!"""

알스하이드군의 장병들은 그제야 두려움을 떨쳐낸 듯 온 힘을 다해 함성을 질렀다.

이곳을 돌파당한다면 알스하이드가…… 자신들의 고향이자, 가족이 있는 나라가 마인의 공격에 노출되고 만다.

그런 상황만큼은 반드시 막기 위해 전원이 각오를 다졌다.

그리고 마침내 마인들이 눈에 보이는 거리까지 접근했다.

『전군! 전투태세! 온다!』

그리고 마인들이 사정거리에 들어온 순간.

『발사!』

마법사단 전원이 쓴 마법의 집중포화가 마인들을 향해 날아들었다.

사상 최고로 집중력을 발휘한 마법사단이 날린 마법은 마인도 무시할 수 없을 정도로 위력적이었다.

초고속으로 알스하이드군을 향해 접근하던 마인들은 막는 걸 포기하고 진로를 변경했다.

조금 전까지 마인들이 있던 장소에 마법들이 쏟아지자 대량의 토사가 솟구쳤다.

마법사단 전원의 마법에 한 지점에 집중된 결과, 지형이 바뀔 정도의 위력을 발휘했다.

그 광경을 보고 놀란 마인들은 그 자리에 멈춰 설 수밖에 없었다.

"뭐?! 달아나?!"

그리고 위협을 느낀 건지 마법을 피하느라 진로를 변경한 그대로 알스하이드군을 스쳐 지나갔다.

호전적인 마인의 특성상 틀림없이 전투가 시작되리라 예상했던 병사들은 어안이 벙벙했다.

그리고 그 행동의 의미를 깨달은 루퍼는 안색이 새파랗게 질릴 수밖에 없었다.

"……크, 큰일이다! 저쪽은 왕도가 있는 방향이잖아! 당장 추격해!"

"무리라고요, 단장님! 도저히 따라잡을 수 있는 속도가 아니잖아요! 그보다 먼저 본국에 연락해서 대비하게 하는 편이!"

경악한 나머지 확성 마법을 해제한 루퍼가 뒤를 쫓으려 했지만, 자신들의 속도로 마인을 따라잡는 건 무리였다.

지크프리트는 그보다 먼저 통신기로 본국에 연락해서 습

격에 대비하는 것이 우선이라고 진언했다.

"그, 그렇겠군. 도미니크!"

"알고 있네! 가장 빠른 말을 타고 전속력으로 통신기로 가라! 명심해! 전속력이다!"

기사단을 지휘하는 도미니크가 부하에게 명령했고, 루퍼는 증오스러운 눈으로 마인들이 떠나간 방향을 노려보았다.

"아무튼 알스하이드로 돌아가세. 설령 늦더라도 포기할 수는 없어."

지금까지는 마인의 마력을 감지할 수 있는 루퍼가 지시를 내렸지만, 이번에는 군의 총지휘관인 도미니크가 귀환 명령을 내리려 했다.

"……아니야. 우리는 이대로 진군하자."

"뭐라고? 루퍼, 자네 그게 무슨……."

"우리가 추격해봤자 따라잡을 수도 없고, 의미도 없어. 하지만…… 월포드 군들에게는 게이트가 있잖아? 그들이라면 반드시 알스하이드를 지켜줄 테지."

하지만 루퍼는 이대로 가망 없는 추격전을 벌이는 것보다 원래 목적인 마물 토벌을 우선하면서 연합군과 합류하는 쪽이 더 중요하다고 말했다.

잠시 고민한 도미니크는 이윽고 결단을 내렸다.

"그렇군. ……우리의 진군 속도로 마인의 뒤를 쫓는 건 현실적이지 못한가. 그럼 그들을 믿고 이대로 앞으로 나아가는 게 우리의 역할이겠군."

"제길! 결국 마지막까지 그 아이들에게 의지할 수밖에 없는 건가! 우리는 대체 뭘 하고 있는 거냐고!"

마인을 막지도 못했을 뿐더러 따라잡을 수도 없는 현실 앞에서 지독한 무력감을 느낀 루퍼는 이를 악물 수밖에 없었다.

그리고 곧 마인령 공략 작전에 동원된 병사로부터 알스하이드에 연락이 들어왔다.

"뭐라고?! 얼티밋 매지션즈가 놓친 마인들이 이쪽으로 오고 있다고?!"

그 보고를 들은 알스하이드 왕국 국왕 디세움은 경악할 수밖에 없었다.

신의 규격을 벗어난 힘을 아는 그로선 도저히 믿을 수 없는 소식이었기 때문이었다.

"확실한 정보인가?!"

"보, 보고에 따르면 나타난 마인은 셋. 이들이 이쪽을 향해 오고 있는 건 틀림없다고……."

"신 군은?! 아우구스트와 신 군과 연락은 취한 건가?!"

"저, 저도 거기까지는……."

"에잇! 내가 직접 물어보겠다!"

보고를 가져온 건 통신실의 연락병이었지만, 중개 받는 입장이라 답답함을 느낀 디세움은 직접 통신기의 수화기가 있는 통신실로 향했다.

"여봐라! 나다! 디세움이다!"

『폐, 폐하?!』

상대가 통신실의 연락병인 줄 알았던 연합군 병사는 알스하이드 국왕이 정체를 밝히자 경악했다.

하지만 디세움은 개의치 않고 수화기를 향해 외쳤다.

"그래서?! 얼티밋 매지션즈와 연락은 취한 건가?!"

『그, 그게 연합군에는 통신기가 있어서 연락을 넣었습니다만, 그들은 이미 놓친 마인들을 추격 중이라고…….』

그 보고를 들은 디세움은 하늘을 우러를 수밖에 없었다.

"먼저 알스하이드의 통신기로 연락하면 될 것을……."

『연합군의 말로는 도시에 있던 마인을 전부 해치운 후에 달아난 마인이 있다는 걸 파악한 모양이라…… 굉장히 당황하셨다고 합니다.』

예상치 못한 상황에 당황하느라 판단을 그르쳤다는 건가.

디세움은 깊은 한숨을 내쉬었다.

아무리 초월적인 힘을 지니고 있다지만, 그들은 아직 십대의 청소년에 불과했다.

현장에서 냉정한 판단을 내리는 건 아직 무리였던 것이리라.

"그래서, 마인이 현재 이쪽으로 오고 있다는 건 확실한 정보인가?"

『마인은 저희를 피한 후, 그대로 곧장 달려갔습니다. 도중에 방향을 틀지 않았다면 그 앞은…… 왕도입니다.』

디세움은 그저 한숨밖에 나오지 않았다.

도시에 있던 마인은 전부 해치웠다는 보고를 받았는데 고작 셋을 놓친 정도로 절체절명의 위기에 처하고 말았다.

이렇게 된 이상 어쩔 수 없다고 판단한 디세움은 어떤 곳으로 시선을 돌렸다.

◆

부유 마법으로 고속 비행하면서 마인을 추적했지만, 전혀 발견될 낌새가 없었다.

정말 이 앞에 있는 걸까?

혹시 도중에 진로를 변경한 게 아닐까?

아니면 처음부터 방향을 잘못 잡은 걸까?

그런 의심이 끊임없이 머릿속을 맴돌았다.

"오그! 진짜 이쪽이 맞아?!"

"그걸 내가 어떻게 알아! 아무튼 지금은 전력으로 추적할 수밖에 없어!"

역시 오그는 꽤 당황한 상태였다.

이거 큰일 났네…….

솔직히 난 마법의 위력에는 자신 있지만, 군사행동에는

완전히 문외한이다.

애당초 고등 마법학원에서도 전술론 같은 건 가르치지 않았다.

보통은 군에 입대한 후에 배우기 마련이다.

전생에서도 그쪽 지식과는 거리가 있었다.

시뮬레이션 게임도 젬병이었고⋯⋯.

지금까지 얼티밋 매지션즈의 방향성은 주로 오그가 결정했지만, 이토록 냉정함을 잃은 상태라면 판단을 그르칠 가능성도 있었다.

"오그! 일단 진정해! 비상시에는 게이트를 써서 알스하이드로 가면 되잖아!

"나도 알아! 일단 지금은 마인을 추적해야만 해!"

우리는 정찰병이 알려준 방향으로 곧장 날아가는 중이었다.

오그도, 그리고 나도 냉정하지 못했던 것이리라.

여태까지 알스하이드군을 발견하지 못한 것에는 아무런 위화감을 느끼지 못하고 있었다.

마인을 놓친 것에 대한 후회.

아직도 마인을 찾지 못한 것에 대한 조바심.

알스하이드는 모두의 고향이자, 소중한 사람이 있는 장소다.

그런 곳을 마인에게 유린당할지도 모른다는 공포.

그런 복잡다양한 감정이 마음을 지배한 탓에 냉정한 판단력을 잃고 말았다.

냉정했다면 이쪽으로 오고 있을 알스하이드군을 발견하지 못한 것에 위화감을 느꼈으리라.

그리고 마인과 마주치지 않았는지 확인하기 위해 알스하이드군을 찾았으리라.

방금 내가 말했다시피 이쪽에는 게이트가 있으니 결과적으로 늦게 될 일은 없을 테니까.

하지만 냉정함을 잃은 우리는…… 그 사실을 조금도 눈치채지 못했다.

◆

"그건 그렇고…… 신 일행은 영 안 보이네요."

"어쩌면 게이트를 써서 이미 알스하이드에 있을지도 모르겠군."

마인과 조우했지만, 놓친 알스하이드군은 신 일행을 믿고 계속 진군 중이었다.

제법 시간이 경과했지만, 그들이 전혀 나타날 낌새가 없자 지크프리트는 불안에 사로잡혔다.

"아까 연합군에 연락했을 때는 마인을 쫓아갔다고 하던데요?"

알스하이드에 연락하러 간 병사는 통신기를 소유한 연합군에도 연락했다.

그때 신 일행이 마인의 뒤를 쫓아갔다는 보고를 받았다.

"그래, 그 하늘을 나는 마법으로 말이지."

루퍼는 지크프리트가 무슨 걱정을 하는지 바로 눈치챘다.

"엉뚱한 쪽으로 갔을지도 모른다는 건가……."

그럴 가능성은 충분히 있었다.

이 마인령은 얼마 전까지만 해도 제국령이었다.

그래서 당연히 도시간의 물류를 책임지는 가도가 형성되어 있었다.

하지만 마인이 나타난 곳은 가도는커녕 아무것도 없는 장소였다.

만약 신 일행이 가도를 따라서 추적 중이라면…….

"……제발 늦지 말아다오."

루퍼는 기도하는 심정으로 알스하이드 쪽을 응시할 수밖에 없었다.

◆

전혀 보이지 않는 마인의 흔적.

이제 우리는 슬슬 결단을 내려야만 했다.

우리는 애초에 추적하는 방향을 잘못 잡은 것이다.

이제 이 광대한 마인령에서 마인의 뒤를 쫓는 건 GPS라도 있지 않는 한 무리였다.

그러므로 추적을 포기하고 게이트로 왕도에 가서 마인들을 요격할 수밖에 없었다.

다만, 마인이 오지 않았을 경우엔 그대로 마인의 행적을 놓치는 결과가 되고 만다.

그래도 알스하이드를 무방비한 상태로 내버려두는 것보다는 나으리라.

"오그! 더 이상 추적은 무리야! 일단 알스하이드로 돌아가자!"

나는 그렇게 말한 후, 일단 지상으로 내려왔다.

오그는 이를 악문 채 화가 난 표정을 짓고 있었다.

이런 표정은 처음 봤다.

진심으로 분해 보였지만, 지금은 그보다 눈앞의 문제를 해결하는 게 먼저였다.

"……어쩔 수 없군. 마인들을 놓칠 가능성이 있지만, 알스하이드로 가서 마인을 요격하자!"

오그는 마인을 해치우고 싶은 마음과 왕도를 지키고 싶은 마음 사이에서 후자를 선택했다.

그 대답을 예상했던 나는 이미 알스하이드와 연결된 게이트를 연 후였다.

그리고 돌아온 왕성은 마치 벌집을 쑤신 것처럼 소란스러웠다.

"뭐, 뭐지? 대체 어떻게 된 거야?"

왜 왕성이 이토록 소란스러운 거지?

"아얏! 전하! 월포드 군!"

"이봐! 대체 무슨 일이지?! 이 소란은 대관절 뭐냐!"

오그가 묻자, 병사는 이렇게 대답했다.

"조금 전에 마인령에 파견된 군대에서 연락이 있었습니다! 마인과 조우, 교전했지만 놓쳤고 현재 이곳 알스하이드로 향하고 있다고요!"

"뭐, 뭐라고?!"

알스하이드군이 마인과 조우?!

그러고 보니 우리는 어째서 알스하이드군과 마주치지 못했던 것일까.

그렇다는 건…… 역시 우리는 엉뚱한 곳을 찾고 있었다는 뜻이다.

제길! 이러니 당연히 찾을 수가 없지!

그리고 알스하이드군은 여기서 출병한 후 구 제도를 향해 진군하다가 마인이 잠복한 도시로 방향을 한 번 전환했을 터.

다시 말해, 알스하이드군은 왕도와 도시의 일직선상에 있는 게 아니었다는 뜻이다.

그래서 알스하이드로 곧장 날아온 우리와 마주칠 리 없었던 것이다!

"빌어먹을! 왜 마지막에 와서 하는 일마다 이렇게 엉뚱한 결과로 돌아오는 거지?!"

오그가 지금까지 들어본 것 중 가장 거친 목소리로 무심코 고함을 질렀지만, 곧 어떤 사실을 깨닫고 다시 병사에게 물었다.

"잠깐! 예비 부대는 어떻게 됐지?!"

이번 작전에는 알스하이드의 전군이 참가한 건 아니었다.

비상시를 대비해 일부가 국내에 남아있었다.

오그는 그 예비 부대의 운용 상태를 확인했다.

"조금 전의 연락으로 마인들이 출현한 지역을 확인했습니다. 마침 그 출현 예상 지역인 국경 근처에 통신기가 배치되어 있어서 연락을 넣어두었으니 지금쯤 요격 태세를 갖추고 있을 겁니다!"

"그 국경 근처라는 게 어디지?!"

"제국과의 지난 전쟁에서 전장이 됐던 평원입니다!"

"국경 근처의 평원……."

이건…… 곤란하게 됐다.

"누구 거기 가본 적 있는 사람!"

그 장소는 물론 알고 있었다.

과거에 몇 번이나 전장이 된 곳이다. 수업에서 배웠다.

딱히 뭔가 이렇다 할 특징이 있는 장소는 아니었다.

그래서 전장이 된 것이겠지만, 지금 문제가 되는 건…….

"큭! 난 없어!"

"저기…… 저도 없어요."

오그와 시실리가 미안한 얼굴로 대답했다.

다른 일행들도 고개를 저었다.

역시나!

관광명소도 아닌 곳에 일부러 찾아갈 사람이 있을 리가 없었다.

"게이트는 무리야! 다시 한 번 날아가자!"

"""오!"""

나는 아무도 가본 적 없는 평원에 게이트를 여는 걸 포기하고 다시 한 번 부유 마법으로 직접 날아가는 방법을 선택했다.

서두르지 않으면 예비 부대와 마인들의 교전이 시작될지도 몰랐다.

마인은 원래 우리가 전담할 예정이었다.

아무리 전력이 상승했다고 해도 일반병들에게는 아직 버거운 상대이기 때문이다.

모처럼 여기까지 몰아넣었는데 희생자를 낼 수는 없다!

그런 생각으로 국경 근처의 평원으로 날아갔다.

그리고 평원이 보이기 시작할 무렵, 마인의 불길한 마력이 예비 부대에 접근하는 것을 확인할 수 있었다.

"마인의 마력!"

"젠장! 이제 곧 예비 부대와 접촉하겠어!"

"늦지 마라아아아아!"

내 의식은 마인에게만 집중되었다.

그래서 눈치채지 못했다.

이젠 늦었다고 생각한 순간.

터무니없이 거대한 불기둥이 마인의 마력을 삼키며 솟구치는 광경이 눈에 들어왔다.

◆

왕도의 연락을 받은 예비 부대에서는 무거운 분위기가 감돌았다.

신 일행과 알스하이드군의 포위망을 돌파하고 이쪽으로 접근 중인 마인들.

그들로서는 신 일행이 마인을 따라잡든, 일단 알스하이드로 귀환한 후에 이쪽으로 오든 상관없었다.

하지만 알스하이드를 경유해서 오는 것치고는 도착이 지나치게 늦었다.

조금 전의 보고에 따르면 신 일행은 현재 마인을 추격 중이라고 한다.

이들에게 있어서 최상의 결과는 신 일행이 그대로 마인을 찾아서 해치우는 것이었다.

하지만 아직 그런 연락은 없었다.

그렇다는 건…….

그래서 병사들은 무거운 분위기에 사로잡힐 수밖에 없었다.

"얼티밋 매지션즈가 늦네……."

"아, 아니야. 아직 추적 중이라잖아!"

"제발 늦지 않았으면 좋겠는데……."

"이럴 줄 알았으면 작전 전에 식을 올릴 걸 그랬어."

"야, 너…… 설마……."

"……응. 나…… 이번 작전이 끝나면 식을 올리기로 했거든."

"이, 이 바보가! 넌 왜…… 왜 그런 경솔한 짓을!"

모르는 사이에 완벽한 사망 플래그가 섰다는 사실에 동료가 경악했다.

얼핏 농담처럼 들리지만, 그들은 무척 진지했다.

"……이건 이미 사망 확정이군."

"미안……."

거듭 말하지만, 그들은 진지했다.

신 일행이 마인을 따라잡는다면 다행이지만, 만약 늦는다면 그들을 기다리는 건 죽음뿐이었기 때문이다.

그런 무거운 공기가 감도는 가운데, 마침내 마법사단원이 그 순간이 왔음을 알렸다.

『와, 왔습니다! 마, 마이…… 마인입니다!』

그 너무나도 불길한 마력에 겁을 집어먹으면서도 전원이 들을 수 있도록 확성 마법을 써서 외쳤다.

아아…… 결국 늦었구나.

그것이 마법사단원의 보고를 들은 병사들의 첫 감상이었다.

마인들이 나타났다는 건 결국 신 일행의 추적이 실패했다는 뜻이었다.

이곳에는 마인에게 대항할 만한 전력이 없었다.

병사들의 머릿속에는 자신들이 전사하는 광경이 떠올랐다.

여기가 바로 인생의 종착점인가.

병사들이 동시에 그런 생각을 떠올린 순간.

"허허, 왔군."

"뭐야, 저게 진짜 마인이라고? 마력이 너무 작은 거 같은데?"

그들을 구원할 복음이 들려왔다.

"어……? 설마……."

모두의 시선이 갑자기 등장한 두 노인에게 모였다.

그 눈에는 설마하는 감정과, 제발 그 추측이 맞기를 바라는 감정이 담겨 있었다.

"허허, 갑자기 와서 미안하군."

"실례 좀 하겠어."

마치 근처에 산책이라도 하러 온 듯한 가벼운 분위기.

도저히 마인이 지척까지 다가왔다는 느낌이 들지 않았다.

이런 상황에서 이런 태도를 보일 수 있는 노인들이 대관절 그들 말고 또 누가 있겠는가.

"다…… 당신은……."

"나 말인가? 나는 멀린. 멀린 월포드일세."

"멜리다 보웬이야."

가까이에 있던 병사의 질문에 노인들은 그들이 기대하던 대답을 해주었다.

"혀…… 현자님……."

"현자님이셔……."

"도사님까지……."

절망에 빠졌던 예비 부대에 그 이름이 침투한 순간.

"""우오오오오오오오오! 현자님! 도사니이임!"""

환호성이 폭발했다.

"혀, 현자님! 왜…… 어째서 이런 곳에?!"

예비 부대를 이끄는 지휘관이 달려와 사정을 물었다.

"무얼. 우연히 왕성에 갔더니 디세움이 신이 마인을 놓쳤다고 하더군."

"손자의 실수는 곧 우리의 실수야. 책임은 지마."

통신실에 있었던 건 디세움만이 아니었다.

그가 시선을 돌린 곳에 있었던 건 다름 아닌 이 두 사람이었던 것이다.

사실 자신들의 손자가 이번 작전의 주요 전력이 된 순간부터 그들은 실시간으로 전황을 확인하기 위해 왕성에 틀어

박혀 있었다.

　그리고 디세움의 의뢰를 받고 이 전장에 참전한 것이다.

　"오……오오…… 신이시여."

　지휘관은 때마침 왕성에 그들이 있었다는 기적에 감사했다.

　감격한 나머지 신(神)에게 감사의 말을 올리자, 멀린은 쓴웃음을 지었다.

　"그보다 자. 마인이 벌써 저기까지 왔군. 좀 멀리 떨어져주지 않겠는가?"

　"전투에 말려들고 싶지 않으면 얼른 대피해!"

　"아, 예! 전원 대피! 결코 현자님과 도사님의 방해가 돼선안 된다!"

　"""예!"""

　살아있는 전설을 목격한 그들은 아무런 망설임도 없이 길을 양보했다.

　그리고 멀린과 멜리다는 최전선으로 나왔다.

　"저게 마인인가?"

　"신이 말한 대로군. **그 녀석**과는 비교도 되지 않아."

　눈으로 확인할 수 있는 거리까지 접근한 마인들을 보고도태연했다.

　"참 나, 그 애들은 대체 뭘 한 건지. 통신 수단을 가지고있으면서 적을 놓치고 여기까지 보내다니."

　"뭐, 그건 일이 끝난 다음에 이야기합세. 그보다."

마인을 응시한 멀린은…….

평소의 인자한 미소가 아니라 사냥감을 앞에 둔 야수 같은 흉맹한 미소를 지었다.

오랜만에 그 표정을 본 멜리다가 옆에서 한숨을 내쉬었다.

한편, 근처까지 온 마인들은.

"이봐! 군이 대비하고 있잖아!"

"칫! 역시 우리의 행동을 읽은 건가!"

"어쩌지?! 또 피해?!"

"아니야! 이만큼 전개됐으면 무리야! 어차피 여기엔 놈들이 없을 테니 정면 돌파한다!"

"오케이!"

마인들은 이동 중인 군대와 달리 이미 폭 넓게 전개한 예비 부대를 피하는 건 무리라고 판단했다.

신 일행은 아마 자신들이 탈출한 도시를 공략하고 있을 테니 여기에는 없을 터.

하지만 그들은 모르고 있었다.

여기에도 자신들을 토벌할 수 있는 존재들이 있다는 사실을.

"""크아악!"""

그래서 정면 돌파를 시도한 마인들은 별안간 치솟은 거대한 불기둥에 휩싸였다.

"앗! 뭐야?! 이 거대한 마법은!"

"서, 설마 놈들인가?!"

단 한 방의 마법으로 큰 대미지를 입은 마인들은 혹시 근처에 신 일행이 있는 게 아닐까 싶어 눈을 부릅떴다.

"뭐야. 고작 한 방에 저런 대미지를 입었다고?"

"이런 놈들에게 겁을 먹다니 요즘 애들은 참 한심하네."

하지만 눈앞에 있는 건 두 노인이었다.

"뭐?! 영감탱이와 할망구라고?!"

"웃기지 마! 이런 다 죽어가는 놈들에게 당했을 리 없잖아!"

"이, 이봐 기다려!"

마인 중 둘이 자기들을 공격한 게 노인들이라는 것을 알고 격노했다.

그리고 앞으로 뛰쳐나오며 공격 마법을 날렸다.

노인들이 이 공격을 막을 수 있을 리 없었다.

하지만 음험하게 웃던 두 마인의 표정은 곧 경악으로 바뀌었다.

멜리다가 전개한 방어 마도구가 그 공격을 전부 막아냈기 때문이다.

"이런 공격으론 내 방벽에 실금조차 못 내."

아주 당연하다는 듯한 태도였다.

"이보게들! 계속 그렇게 넋 놓고 있을 겐가!"

그리고 다시 멀린이 불꽃 탄환을 날렸다.

손자인 신이 썼던 것과 마찬가지로 청백색으로 빛나는 초

고온의 불꽃이었다.

"앗?! 이 불꽃은…… 끄아아아아악!"

"노, 놈들과 같은…… 아아아아악!"

"얘, 얘들아!"

두 마인은 그 공격을 막지 못하고 직격을 허용했다.

큰 대미지를 입고 빈사상태가 된 두 명을 향해 멀린은 추가타를 날렸다.

"이걸로 끝이다!"

불꽃의 소용돌이, 화염 선풍.

마인들은 청백색은 아니었지만, 주위의 공기를 빨아들이며 점점 크기를 더하는 그 폭풍에 속절없이 휩쓸렸다.

그리고 멀린이 마법을 해제한 후, 화염 선풍이 사라진 자리에 남은 것은 숯덩이가 된 마인들의 시신뿐이었다.

"아…… 아…… 아아아아……."

그야말로 압도적이었다.

마지막 남은 마인의 머릿속에 불현듯 자신들을 유린하던 신 일행의 모습이 스쳐 지나갔다.

그리고 어떤 종류의 확신을 가졌다.

틀림없다.

저자가 바로 그 녀석들의 스승이다.

자신들은 가장 피해야 하는 상대의 보스와 마주치고 만 것이다.

"으…… 으아아아아!"

공포에 사로잡힌 마인이 그 자리에서 달아나려 했다.

"내가 놓칠 줄 아나?"

하지만 불꽃의 벽이 그 앞을 가로막았다.

"으억! 뜨거워!"

그 강렬한 열기에 마인은 한순간 벽을 뚫고 지나가는 것을 망설였다.

그리고 그것이 패착이 되었다.

"이걸로 끝이다!"

조금 전과 같은 청백색 불꽃이었지만, 이번에는 탄환이 아니라 창이 마인을 향해 짓쳐들었다.

"커헉! ……제길…… 제기라아아알!"

여러 개의 창에 꿰뚫린 마인은 그 자리에 쓰러지더니 그대로 불에 타들어가며 침묵했다.

이것으로 각국을 습격했던 마인은 전멸했다.

전혀 위험한 장면 없이 시종일관 압도하면서 마인을 해치운 멀린에게 멜리다가 가벼운 태도로 말을 걸었다.

"여전히 불꽃 마법만 쓰는 거야? 재미없게시리."

"이봐, 멜리다…… 그게 마인을 해치운 사람에게 할 소리인가?"

"고작 이 정도 수준의 적을 해치운 걸로 자랑이라도 하려고?"

"하긴 그렇군. 자, 이제 다 끝났다네!"

두 사람은 인류의 위협을 토벌했음에도 가벼운 분위기로 대화를 나누었다.

처음으로 그들의 전투를 직접 병사들은 책과 무대에서는 결코 전달할 수 없는 영웅의 진짜 실력을 보고 넋을 잃었다.

하지만 멀린이 종료 선언을 하자, 의식이 서서히 현실로 돌아온 모양이었다.

"""우오오오오오! 현자님! 도사님!"""

그리고 거대한 환호성이 터졌다.

그런 가운데 누군가의 목소리가 멀린을 불러세웠다.

"할아버지!"

◆

이젠 늦었다고 생각한 순간, 솟구친 거대한 불기둥은 할아버지의 마법이었다.

그리고 할아버지는 그대로 마인의 잔당을 눈 깜짝할 사이에 해치웠다.

그때 쓴 건 할아버지의 특기인 불꽃 마법이었다.

더구나 내가 쓰는 것과 똑같은 청백색 불꽃이었다.

과연 할아버지다. 늘 향상심을 잊지 않고 있었어.

마인과의 전투에서도 시종일관 압도했다.

할아버지가 싸우는 광경을 처음 본 다른 멤버들은 다들

아연실색했다.

"과…… 과연 신의 할아버지네."

"음. 과거에 업화의 마술사라 불리셨을 만 하군. 무시무시한 불꽃 마법이었어."

이건 마리아와 오그의 감탄. 그런데 오그가 뭔가 신경 쓰이는 말을 했다.

"업화의 마술사?"

"뭐야, 몰랐어? 멀린 님은 현자라는 칭호가 붙기 전에는 업화의 마술사라 불릴 정도의 불꽃 마술의 대가셨다만?"

"그, 그랬어? 아니, 그보다 넌 어떻게 그런 걸 아는 거야?"

"멀린 님의 『영웅 이야기』에 적혀 있었으니까."

오그의 대답에 전원이 고개를 끄덕였다.

그, 그랬구나…….

가족의 영웅담 같은 건 창피해서 읽지 않았다 보니 몰랐다.

아, 그보다 일단 할아버지와 할머니에게 가봐야겠다.

나는 예비 부대의 머리 위를 넘어서 할아버지를 불렀다.

"할아버지!"

"응? 오오, 신."

"왜 이렇게 늦은 거니! 넌!"

"앗! 미안, 할머니!"

할머니에게 혼이 났다.

하긴. 그럴 만 했다. 모두를 위험에 빠트릴 뻔 했으니 말이다.

"잠시만요, 멜리다 님. 신은 잘 해줬습니다. 놈들을 놓친 건 작전에 훼방을 놓은 자가 있어서……."

"전하. 민중은 그런 현장의 사정 따윈 이해해주지 않을 게요. 그들에게 중요한 건 마인을 놓쳤다는 사실뿐일 테니."

"……."

확실히 현장에 있던 사람들은 다들 어쩔 수 없는 일이라며 체념했다.

하지만 현장을 모르는 사람은 마인을 놓쳐서 왕국에 위기를 초래한 사실에만 주목하게 되리라.

"놓친 후의 대응에도 문제가 있었어. 누구, 알스하이드에 연락한 사람은 있었니?"

"그건……."

할머니의 지적에 오그는 말꼬리를 흐렸다.

알스하이드에 연락한 건 지크 형을 비롯한 알스하이드군이지 우리가 아니었으니 말이다.

"도중에 알스하이드군과 마주치지도 못했지? 그런데도 이상하다는 생각이 안 든 거야?"

"마인의 흔적을 추적하는 데 필사적이라…… 전혀 눈치채지 못했습니다."

"전하. 이 팀의 사령탑은 당신이야. 그런 당신이 냉정함을 잃어선 안 돼."

"……예. 죄송합니다."

연락이 들어왔다는 건, 즉, 알스하이드군은 마인과 마주쳤다는 뜻이다.

만약 우리가 위화감을 깨닫고 그들을 먼저 찾았다면 마인이 달아난 정확한 방향을 알 수 있었을 터.

그렇다면 마인을 따라잡을 수 있었을지도 몰랐다.

"몇 명이 게이트로 미리 알스하이드에 가 있어도 괜찮았을 거야. 그럼 왕도를 경유해서 알스하이드군에도 정보가 들어갔을 테니 사전에 대비할 수 있었겠지."

"아……. 그런가……."

무선 통신기가 없으니 연락이 불가능할 거라고만 생각했었다.

하지만 알스하이드에도 통신기가 있으니 그걸 통해 연락하면 그만이었다.

그리고 연합군과 정기 연락도 하고 있으니 그쪽에서 연락하는 것도 가능했다.

……대체 이걸 왜 떠올리지 못한 거지?

마인을 놓쳤다는 사실에 당황하느라 추적하는 것밖에 머리에 없었던 우리들이 풀이 죽자, 할머니가 나에게 추가타를 가했다.

"신. 넌 그 무선 통신기는 어떻게 된 거니?"

"그건…… 아직 시작품이라 채널 수가 부족해서……."

"분명 여러 명이서 한꺼번에 대화를 나누는 거였지? 그건 왜 나누어주지 않은 건데?"

"그건…… 남들이 들으면 좀 그렇다 싶은 이야기도 있겠다 싶어서……."

"……동료끼리의 비밀 이야기?"

"……."

"후우…… 참 나……."

할머니는 한숨을 내쉰 후.

"이 바보! 네가 그런 개인사를 우선시한 탓에 얼마나 큰 혼란이 일어났는지 알기나 해?!"

호되게 혼을 냈다.

"이번 경험은 좋은 교훈이 됐겠지. 연락을 소홀히 하고, 냉정함을 잃으면 어떤 일이 벌어지는지. 다들 명심해둬!"

"""아, 예!"""

하아…… 모처럼 마인 집단을 토벌했는데 마지막에 와서 실수 연발이라 맥이 빠졌다.

하지만 할머니의 말은 전부 옳았다.

돌발 상황에 당황한 우리가 판단을 계속 그르친 게 원인이었다.

애당초 도중에 마인을 발견한 것부터가 예상을 벗어난 일이었다.

그때 처음부터 도시를 포위했으면 어땠을까.

내가 앨리스 일행을 게이트로 데려왔으면 일정도 단축되고 랄프 씨가 몰래 마인을 공격할 틈이 없었을지도 몰랐다.

돌이켜 보면 정말 반성할 일밖에 없었다.

"멜리다, 이제 그쯤 해두게. 이 아이들은 아직 열대여섯 살밖에 되지 않았네. 당연히 실패도 하기 마련이지."

할아버지가 끼어들자, 그제야 할머니의 설교가 멈추었다.

"하지만 멜리다의 말도 지당해. 다들, 앞으로는 주위에도 연락과 보고를 확실히 하려무나."

"""예……."""

"음. 젊은이는 그렇게 실패를 겪으면서 성장하는 법이지. 오히려 여태까지가 지나치게 순조로웠던 걸지도 모르겠군. 마인을 놓쳤지만, 다행히 피해는 없었으니 이번 일을 교훈 삼아 좋은 공부가 됐다고 생각하려무나."

"""예!"""

그러고 보니 정기 연락과 보고의 중요성은 전생에서도 귀가 아프도록 들은 이야기였다.

하지만 환생한 뒤로는 그런 건 남들이 다 알아서 해주다 보니 완전히 까먹고 있었다.

아무리 마법의 힘이 강해도 그걸 제대로 살리지 못하면 아무 의미가 없다.

이번 일은 조금 자만했던 나에게 큰 교훈을 준 것 같았다.

"그래서? 이걸로 끝인 거니?"

"응? 아, 그게…… 나도 잘."

할머니의 질문을 받은 난 오그에게 시선을 돌렸다.

"마인은 이게 전부가 아니지만, 주전파는 이것으로 전멸했습니다."

"그럼 아직 마인이 남아있다는 건가?"

"예. 그들을 마인화시킨 것으로 추정되는 올리버 슈투름이 아직 건재합니다."

"그럼 아직 끝난 게 아니겠군."

"그게……."

"무슨 문제라도 있는 겐가?"

오그는 아까 마인이 자폭하기 전에 했던 말을 할아버지와 할머니에게도 알려주었다.

"흠……. 슈투름의 목적은 어디까지나 제국의 멸망. 그리고 그 목적을 달성한 탓에 만족해버렸다 이건가."

"마인은 확실히 그렇게 말하더군요."

"흐음……."

그러자 할아버지와 할머니가 갑자기 생각에 잠겼다.

혹시 무슨 짚이는 점이라도 있는 것일까.

"……슈투름은 제국에 무슨 원한이 있었던 걸지도 모르겠구만."

"그건 저도 잘…… 다만, 제국을 멸망시키길 원했다는 건 아마 그런 뜻이겠지요."

"음……."

그러자 눈살을 찌푸리고 팔짱을 낀 채 고민하던 할머니도 나름대로의 결론을 말했다.

"어쩌면…… 제국을 멸망시키고 싶을 정도의 원한이 마인이 된 계기였을지도 모르겠군."

"계기?"

"그래. 지금까지 확언한 적은 없지만, 슈투름이 마인이 된 원인이 그거라면 어떤 가설이 성립될지도……."

그렇게 말한 할머니는 우리를 둘러본 후.

"마인이 되는 조건은 단순히 마력의 폭주하는 게 아니라 어떤 강한 원한과 증오를 마음에 담아서 마력을 폭주시켜야 하는 걸지도 몰라."

그 말을 들은 순간, 나도 몇 가지 납득가는 점이 있었다.

"……그런가. 슈투름이 제국의 평민만 마인으로 만들었던 건……."

"제국의 평민이라 하면 학대받는 최하층이었으니, 제국에 강한 원한이나 증오를 품었다고 해도 이상할 건 없겠지."

도시를 습격할 때마다 마인이 늘어난 건 그런 이유에서였나.

제국의 평민은 귀족에게는 그저 착취 대상일 뿐이었다.

그 도시를 다스리는 귀족과 제국 그 자체에 강한 원한을 품었던 것이리라.

그런 방식으로 동료를 늘렸던 건가.

"하지만 처음부터 제국에 대한 강한 원한으로 마인이 된 거라면, 그 목표를 달성한 지금 슈투름의 마음속은 어떨까?"

"……할 일이 없다?"

"아마 그렇겠지."

그래서 요즘 계속 조용했던 건가.

하지만 지금까지 학대받아 온 평민들은 지배계급을 압도하는 힘을 얻은 것을 계기로 새로운 야심이 싹튼 게 아닐까.

슈투름과 주전파의 사이가 틀어진 이유를 이제야 알 것 같았다.

점점 이번 소동의 전말이 보이기 시작했다.

"그럼 이젠 슈투름을 자극하지만 않으면 만사 해결인가요?"

"……그렇게 잘 풀리면 좋겠다만……."

오그가 희망적 관측을 했지만, 할머니는 아직 약간 불안해하는 것처럼 보였다.

뭐, 상대는 마인이니 어쩔 수 없다.

마인이 되면 인간이었을 때의 가치관이 완전히 뒤바뀐다고 하니 말이다.

하지만 당장 얌전한 녀석을 일부러 자극할 필요도 없으리라.

모두를 쓸데없는 위험에 노출시킬 필요는 없었다.

"슈투름에 대해선 나중에 생각하기로 하고 일단 마인을 전부 토벌했다는 사실을 연합군에 알리고 오겠습니다."

"그래. 우리도 알스하이드로 돌아갈게."

"허허. 그럼 다음에 보도록 하지."

할아버지가 게이트를 열려 한 순간, 나는 한 가지 신경 쓰였던 점을 물어보았다.

"할머니. 방금 그 마인화 가설 말인데…… 어떻게 해서 그 결론에 도달한 거야? 혹시 옛날에 토벌했던 마인과 무슨 관계라도 있어?"

그러자 할아버지와 할머니의 표정이 한순간 어두워졌다.

"신."

"왜? 할아버지."

"그건 나중에 이야기하자꾸나……."

그 말을 끝으로 할아버지와 할머니는 게이트 너머로 사라졌다.

분명 뭔가 알고 있는 뉘앙스였다.

하지만…… 표정으로 봐선 뭔가 어두운 분위기였다.

나중에 이야기해준다고는 했지만, 어쩌면 물어봐선 안 되는 종류의 이야기였을지도…….

"신 군."

"어?"

아무리 가족이라지만 좀 조심성이 없었을지도 모르겠다며 후회하자, 시실리가 말을 걸었다.

"걱정하지 마세요. 언급하고 싶지 않은 이야기라면 얼버무리거나 거절하셨겠지만, 말씀해주신다고 했으니 분명 괜찮은 내용일 거예요."

"……그런가."

"그럼요."

……하긴, 그럴지도.

나중에 이야기해준다고 했으니 괜찮은 거겠지.

"고마워, 시실리."

"후후, 아니에요."

덕분에 이래저래 침울해졌던 기분이 조금 나아졌다.

"좋아! 연합군과 합류하고 보고하러 가자!"

이렇게 해서 우리는 마인들이 집결했던 도시를 향해 게이트를 열었다.

◆

평원에서 왕성으로 돌아온 멜리다는 굳이 아이들에게는 밝히지 않았던 추측을 멀린에게만 들리게 중얼거렸다.

"목표를 전부 상실한 자가…… 이 세상 모든 것에서 가치를 찾을 수 없게 된다면……."

멜리다는 결코 원하지 않는 미래를 상상했다.

"내 추측이 빗나갔으면 좋으련만……."

멀린은 그런 멜리다의 얼굴을 복잡한 심정으로 바라보았다.

게이트를 통해 마인이 모였던 도시로 돌아왔지만, 이미 연합군의 모습은 없었다.

　구 제도를 향해 이동한 것이리라.

　그래서 우리는 부유 마법으로 연합군을 뒤쫓기로 했다.

　곧이어 따라잡았지만, 거기서 본 것은 알스하이드군과 연합군이 마물 집단을 협공하는 광경이었다.

　"이건? 왜 이런 상황이 된 거지?"

　"오! 신!"

　내가 고개를 갸웃거린 순간, 알스하이드군 쪽에서 지크 형의 목소리가 들렸다.

　나는 부유 마법을 해제해서 지상으로 내려온 후, 지크 형에게 다가갔다.

　"마인은 어떻게 됐어?!"

　"형들은 마인이랑 조우했다며?"

　"맞아. 너희는 마인을 놓친 걸 몰랐던 거야?"

　"아니, 바로 눈치채고 쫓아갔는데 아무래도 엉뚱한 곳만 찾아다닌 모양이라……."

　"그래서 마인 뒤쪽에서 나타났던 건가. 그보다 이쪽에도 통신기가 있으니 바로 연락해줬으면 좋았을 텐데."

　"어? 하지만 통신기는 부대 뒤에서 따라온다고……."

"바보야. 통신기 쪽에 있는 게 한 명뿐일 리 없잖아. 긴급 연락용으로 사람이 몇 명이나 붙어있다고."

"그, 그건 몰랐어."

"참 나, 이쪽은 마인이 갑자기 나타나는 바람에 깜짝 놀랐거든?"

그야 당연했다.

통신기 선을 땅속에 묻으면서 이동하는데 혼자일 리 없었다.

"……."

오그도 이제야 눈치챈 것이리라.

당황하느라 시야가 좁아졌던 걸 몹시 후회하는 얼굴이었다.

정말이지…… 마법사인데 냉정함을 잃다니…… 마법학원 교복의 파란색은 늘 냉정함을 유지하라는 의미의 파란색 아니었냐고.

"미안……."

"잘 들어, 신. 작전 행동 중에 연락이라는 게 얼마나 중요하냐면……."

"저기…… 그것 때문에 할머니한테 엄청 혼났는데."

"그…… 그러냐. 멜리다 님께 혼났으면…… 굳이 나까지 설교할 필요는 없겠군."

지크 형도 연락의 중요성에 대해 뭔가 말하려 했지만, 내가 할머니에게 이미 된통 혼이 났다고 하자 오히려 동정하는 시선을 보냈다.

지크 형도 할머니가 무섭나 보다.

"그래서? 마인은 어떻게 됐는데."

"할아버지가 해치웠어. 그보다 지크 형. 이 상황은 뭐야?"

"멀린 님께서?! 그쪽이야말로 대체 뭐야! 나도 보고 싶었다고!"

"그보다, 이 상황은?"

"으, 응. 실은 너희랑 길이 어긋난 뒤에 연합군과 합류하려고 진군하는데 도중에 마물 집단과 마주쳤지 뭐냐. 그런데 마침 연합군이 저쪽에서 오더라고."

그런 거였나.

이 협공은 우연이었던 모양이다.

"너희를 번거롭게 하진 않을 테니 구경이나 해."

"그래? 재해급은 없나 보네?"

"아니, 있는데? 저기 봐. 저 큰 곰."

"어? 재해급이 있는데 왜……."

"됐으니까 일단 보기나 해."

나는 지크 형의 말대로 재해급 곰을 응시했다.

그러자 마침 마법사단의 마법이 작렬했다.

대미지는 크지 않지만, 곰의 의식이 마법사단을 향했다.

"저길 봐! 위!"

그 말대로 고개를 든 순간.

"하아아아아아아앗!"

낯익은 외모의 여기사가 하늘에서 밑으로 떨어졌다.

"어? 에엥?"

왜 기사가 하늘에서?!

아니, 그보다 저건…….

"네가 고안한 거지? 저 『점프 찌르기』."

고안이라니, 그냥 장난으로 썼던 것뿐이거든?! 미란다가 어떻게 저 기술을 알고 있는 거지? 아니, 왜 그런 걸 하필이면 실전에서?

"미란다도 참…… 저건 놀이용 기술이라고 말했는데."

미란다에게 전수한 범인은 마리아였다!

위에서 떨어진 미란다는 검의 크로스 가드에 발을 댄 채 그대로 체중을 실어서 곰의 목덜미에 검날을 찔러 넣었다.

엄청 정확하잖아?!

게다가 이어서 칼자루를 분리하고 검날의 연결부위에 발을 올리나 싶더니 제트 부츠의 힘을 이용해서 목 안으로 더 깊숙이 쑤셔 박았다.

야, 잔인한 것도 정도가 있지!

그 일격으로 천천히 쓰러진 재해급 곰은 그대로 두 번 다시 움직이지 않았다.

그리고 자세히 보니 그런 식으로 싸우는 건 미란다뿐만이 아니었다.

병사들도 여기저기서 제트 부츠로 날아다니고 있었다.

그 광경을 본 우리의 표정이 멍해졌다.

"저건 또 뭐야? 마법사단이 무영창인 건 그렇다 쳐도 하늘을 나는 기사단이라니……."

"뭐, 신이 개발한 도구니까 다들 발상이 신과 비슷해진 거겠지."

마리아는 솔직한 감상을 말했고, 오그는 무지 실례되는 감상을 말했다.

"난 관계없잖아?!"

아무리 개발자라지만 터무니없는 누명이라고!

"아! 그거 나도 알아! 신 군이랑 관여한 사람들은 다들 사고방식이 신 군이랑 비슷해지는걸!"

어째선지 앨리스가 격하게 동의하자, 지크 형의 표정이 돌변했다.

"그치?! 다들 그런 거지?! 나만 그런 게 아닌 거지?!"

왜 그렇게까지 필사적인 건데?

"전에 지크의 사고방식이 왠지 신과 비슷해졌다고 했더니 나름 충격을 받았던 모양입니다."

"아, 크리스 누나. 아니, 그보다 충격이라니……."

지금 내가 더 충격 받았거든?!

"뭐, 대충 공감은 하지만요."

"크리스 누나까지?!"

둘 다 너무하잖아!

"딱히 이상한 의미는 아닙니다. 신의 사고방식은 아무래도 합리적이랄까, 효율적이랄까…… 따라해 보면 편하거든요."

깜짝 놀랐네. 내 행동이 변태적 행동의 기준이라고 하는 줄 알았잖아.

"지크가 썼던 전법도, 기사가 위에서 떨어지는 힘을 이용해서 검을 찌르는 것도 효율적이잖아요? 그런 방식이 워낙 기발하다 보니 신 같다는 말이 나오는 겁니다."

"그, 그런 거였어……?"

지크 형이 무슨 짓을 했는지는 모르지만, 확실히 위에서 떨어지면서 검으로 찌르는 건 대미지를 줄 때 효과적이다.

난 복잡한 기분이지만!

마물 집단이 어느 정도 토벌된 후, 우리는 마인 추격 결과를 전군에 보고했다.

『달아난 마인은 알스하이드 국경 근처에서 대기 중이던 현자 멀린 님과 도사 멜리다 님께서 토벌하셨다! 이것으로 각국을 습격하려 했던 마인들은 전부 섬멸했다!』

오그가 그렇게 선언한 순간, 연합군 전체에서 마치 땅울림 같은 어마어마한 환호성이 터졌다.

알스하이드군도 합류했으니 거의 10만에 이르는 대군이다.

그런 대군이 동시에 환호성을 지르니 박력이 굉장했다.

『아직 마인은 남아 있지만, 이쪽은 침공 의사가 없는 듯하다. 이후에는 마인령내의 마물을 토벌하면서 각국의 협의를 거쳐 남은 사태를 수습하게 될 거다. 제군! 조금만 더 힘내다오!』

다시 한 번 큰 환호성이 터졌다.

그리고 이 순간을 기점으로 우리 얼티밋 매지션즈와 마법학원과 기사학원 학생들의 역할은 끝났다.

마인이 사라졌어도 재해급은 아직 남아있지만, 이쪽은 알스하이드에서 점프 찌르기를 전수해 대처하기로 했다.

그리고 스이드 방면 연합군 쪽에서 유리가 만든 마도구를 대여해달라는 신청이 들어왔다.

그게 있으면 마물 토벌이 더욱 효율적이 될 거라고 열변을 토하면서.

그래서 그 이야기를 들은 다른 나라들을 위해 시연을 했더니, 각국에서도 바로 대여 신청이 쇄도했다.

주전파 마인을 전부 토벌했고, 기사단이 점프 찌르기를 익혔고, 유리가 만든 마도구를 도입한 덕분에 이젠 우리가 없어도 괜찮다고 판단한 것이리라.

아직 학생인 우리를 계속 의지하면 안 된다는 말도 나왔다.

역시 자신들의 평화는 스스로 지키고 싶은 모양이었다.

마법학원과 기사학원 쪽도 이젠 학생을 동원해서까지 전력을 증강할 필요는 없다고 판단했기 때문이다.

하지만 해산할 때 미란다가 남을 뻔한 건 애교로 봐주자.

참고로 나도 공격용 마도구를 만들어서 제공하겠다는 말

을 꺼냈다니 다들 필사적으로 말렸다.

내가 만든 마도구를 쓰면 인간이 살 땅이 남아나지 않을 지도 모른다는 이유에서였다.

아직 만들지도 않았고, 어떤 마도구인지 말한 적도 없는데 말이다.

……나 울어도 돼?

그리고 우리의 이번 실패를 교훈으로 삼아서 각국에도 오픈 채널만 가능한 무선 통신기를 제공하기로 했다.

지금은 남는 게 없으니 완성하는 대로 각국의 정보부에 넘기면 실시간으로 정보를 교환하면서 효율적으로 마인령내의 마물 토벌 작전을 진행할 예정이라고 한다.

엘스의 지휘관이 당장 거래부터 하자는 듯한 기세로 달려들었지만, 다른 엘스 병사들에게 붙들렸다.

아무래도 알스하이드로 돌아가면 무선 통신기를 개량해야 할 것 같았다.

그리고 연합군의 최종 목표는 구 제도를 제외한 전 지역의 마물을 일정 비율 이상 토벌하는 것이라 한다.

마인령의 면적은 전생의 나라를 예시로 들면 독일보다 조금 큰 정도다.

그런 넓은 지역의 마물을 전부 섬멸하는 건 애시당초 무리가 있기 때문이다.

그리고 슈투름을 자극하지 않을 정도로 거리를 유지한 채

진을 설치하는 것으로 이번 작전을 종결할 예정이었다.

그 후에는 다시 각국과의 협의를 통해 슈투름을 어떻게 할지 정하기로 했다.

거기에 우리 같은 학생들이 끼어들 여지는 없었다.

이렇게 해서 역할을 마친 우리는 남은 마물 토벌은 연합군 병사들에게 맡기고 알스하이드로 귀국했다.

◆

"끝나버린 거군요."

배신한 마인들이 전부 죽었다는 보고를 들은 슈투름이 안타까운 목소리로 말했다.

하지만 그건 잠시나마 한 배를 탔던 동포들의 죽음을 안타까워한다기보다 오락거리가 사라진 것을 아쉬워하는 듯한 느낌이었다.

"모처럼 이쪽에서 좀 거들어줬는데 말이지요."

신 일행이 조금이라도 고전하라고 취했던 행동도 그다지 만족스럽지 못한 결과로 돌아오고 말았다.

"슈투름 님. 앞으로 어찌하시겠습니까."

그러자 옆에 서 있던 제스트가 앞으로의 예정을 물었다.

그리고 오늘도 이 자리에 밀리아의 모습은 없었다.

"글쎄…… 어쩔까요."

옥좌에 팔꿈치를 괸 슈투름은 매우 지루한 듯한 목소리로 중얼거렸다.

■ 작가 후기

『현자의 손자』 7권을 구입해주셔서 정말 감사합니다.

원고가 책이 되기 전에 반드시 거쳐야 하는 과정 중 교정 작업이라는 게 있습니다만, 저는 늘 교정돼서 돌아오는 원고를 보는 게 두려워서 견딜 수가 없습니다.

구두점의 위치나, 오탈자 지적까지는 그리 두렵지 않습니다.

『잘못된 표현』을 지적받는 게 두려운 겁니다.

제가 아는 표현을 쓰고 싶어서 써보면 '그 표현은 이런 의미인데 정말 괜찮으시겠습니까?'라는 지적이 들어오곤 합니다.

그 문장을 볼 때마다 제 알량한 지식을 지적받는 것 같아서 참을 수 없는 부끄러움에 사로잡히곤 합니다.

그래서 교정된 원고가 도착하면 봉투를 개봉할 때까지 조금 시간이 걸립니다.

용기가 필요하거든요.

매번 이런 위기를 겨우겨우 넘겨가며 출간이라는 목표에 간신히 도달하고 있는 셈입니다.

이건 전부 늘 신세를 지고 있는 담당 편집자 S씨.

이번에도 미려한 일러스트를 제공해주신 키쿠치 선생님.

그리고 독자 여러분 덕분이라 생각하며 감사하고 있습니다.

자, 그럼 많은 분들의 도움으로 완성된 이번 7권에서는 멀린과 멜리다에게 약간 초점이 맞춰졌습니다.

이번 권의 출현은 적지만, 다음 권은 다릅니다.

사실 다음 권은 번외편이 될 예정입니다.

주역은 멀린과 멜리다.

그것도 고등 마법학원 시절부터의 스타트입니다.

제 작품을 기대해달라고 말씀드리는 것에 굉장한 위화감을 느끼는 타입의 인간이다 보니 그런 말씀은 드리지 않겠습니다.

하지만 멀린과 멜리다의 과거가 궁금한 분은 발매까지 기다려주시길 바랍니다.

그럼 또 다음 권에서 뵐 수 있기를 바랍니다.

2017년 9월 요시오카 츠요시

냐ー

액션씬이 많으면 즐거워ー♪

키
쿠
치
세
이
지

오랜만에 전투에 전투를 거듭한 현자의 손자 7권, 재미있게 읽어주셨을까요?

그동안 작중에서 공기 취급을 받던 멀린이 드디어 처음으로 전투에서 대활약하는 모습을 보니 왠지 감회가 새롭네요. 아무래도 제목이 『현자』의 손자인 만큼 이번 권을 계기로 더더욱 비중이 커지지 않을까 예상해봅니다.

그리고 이 7권을 작업 중인 지금 시점으로 애니메이션판이 방영 중인 모양입니다만, 아쉽게도 아직 보지는 못했습니다. 그래도 제가 관여한 작품의 애니화 중에서도 평이 제법 좋은 모양이라 기대가 되네요.

그럼 이번에도 매우 짧은 후기였습니다만, 다음 권에서도 뵐 수 있기를 바라며 이만 마치겠습니다.

현자의 손자 7
용맹무쌍한 영웅재림

초판 1쇄 발행 2019년 7월 10일

지은이_ Tsuyoshi Yoshioka
일러스트_ Seiji Kikuchi
옮긴이_ 최승원

발행인_ 신현호
편집국장_ 김은주
편집진행_ 최은진 · 김기준 · 김승신 · 원현선 · 권세라
편집디자인_ 양우연
국제업무_ 정아라 · 전은지
관리 · 영업_ 김민원 · 조인희

펴낸곳_ (주)디앤씨미디어
등록_ 2002년 4월 25일 제20-260호
주소_ 서울시 구로구 디지털로 26길 111 JnK디지털타워 503호
전화_ 02-333-2513(대표)
팩시밀리_ 02-333-2514
이메일_ lnovelpiya@naver.com
ㄴ노벨 공식 카페_ http://cafe.naver.com/lnovel11

KENJA NO MAGO Vol.7 GOYU MUSO NO EIYU SAIRIN
ⓒTsuyoshi Yoshioka 2017
First published in Japan in 2017 by KADOKAWA CORPORATION, Tokyo.
Korean translation rights arranged with KADOKAWA CORPORATION, Tokyo.

ISBN 979-11-278-5127-9 04830
ISBN 979-11-278-3969-7 (세트)

값 7,000원